U0921882

若无盔甲，怎护软肋

做一个智慧通透的女子

九爷 著

青岛出版社
QINGDAO PUBLISHING HOUSE

图书在版编目（C I P）数据

若无盔甲，怎护软肋 : 做一个智慧通透的女子 / 九爷著. — 青岛 : 青岛出版社，2019.12

ISBN 978-7-5552-8656-1

Ⅰ. ①若… Ⅱ. ①九… Ⅲ. ①散文集－中国－当代 Ⅳ. ①I267

中国版本图书馆CIP数据核字(2019)第249594号

书　　名 若无盔甲，怎护软肋 : 做一个智慧通透的女子
著　　者 九　爷
出版发行 青岛出版社
社　　址 青岛市海尔路182号（266061）
本社网址 http://www.qdpub.com
邮购电话 010-85787680-8015　13335059110
0532-85814750（传真）　0532-68068026
责任编辑 贺　林
特约编辑 崔　悦　程钰云
校　　对 耿道川
装帧设计 蒋　晴
照　　排 李红艳
印　　刷 三河市良远印务有限公司
出版日期 2019年12月第1版　2019年12月第1次印刷
开　　本 32开（880mm×1230mm）
印　　张 9.5
字　　数 150千
书　　号 ISBN 978-7-5552-8656-1
定　　价 39.80元

编校印装质量、盗版监督服务电话 4006532017　0532-68068638
建议陈列类别：畅销・励志

目　录

第一章
平常日月里的情深似海

第二章
爱情是我们心甘情愿臣服的暴君

第三章
婚姻外头哪有乐子

第四章
比爱情更疼

第五章
患难真情

第六章
你终于混成了她的路人甲

第七章

余生不长，这样刚好

第一章

平常日月里的情深似海

One

他的钱夹里藏着一张女人照片

1

结账的时候，方阵动作很快，但罗小曼还是瞥到了方阵打开又合上的钱夹里，那个透明夹层中，有一张两寸的照片。

那时候微信和支付宝的结账方式刚开始使用，还不太普及，方阵又是那种对新鲜事物没太多热情的男人，所以依然在使用规矩的黑色钱夹。

照片一晃而过，罗小曼看得不是很清楚，但明显照片上是个女孩子，蓝底子、白衬衫、黑长发，很醒目。

这种照片应该是证件照吧，每个人每个阶段都有过。罗小曼暗自一笑，没吭声。

方阵也没吭声，好像没察觉罗小曼注意到了那个细节，拿起玻璃壶又给罗小曼添了点儿柠檬水，等着服务员找零。

方阵性子挺慢，感觉无论大事儿小事儿都能沉得住气，反正罗小曼跟方阵在一块儿，心里挺放松也挺踏实的。不像她跟李明昊在一块儿，永远不踏实、不确定、不放心，充满危机感。

但罗小曼喜欢的，偏偏就是李明昊。

当初罗小曼从温暖的南方，跑到这个冬天一出门能把她冻得想死的城市，为的也是李明昊。方阵顶多算是个男闺密吧。

李明昊是罗小曼高中的学兄，方阵也是。但那时候罗小曼根本没留意过方阵，约等于不认识。一个年级的罗小曼都认不全，何况还高一个年级。

当然李明昊例外。那时候差不多全校同学都认识李明昊，他打篮球，代表学校参加过各种大赛，名声在外。

再准确点儿说，罗小曼其实从小就认识李明昊，小学时期他们两家住在一个小区，后来拆迁了才分开。

总之，罗小曼当年少女怀春，目标直指李明昊。后来李明昊早她一年毕业，体育成绩优异，被东北一所院校破格录取。

罗小曼二话没说，第二年就把自己送到了同一所学校，不惜浪费了一大把分数。

2

罗小曼也不算盲目。高中的时候，罗小曼已经断断续续地向李明昊表达过她的心意。李明昊虽然没回应，但也没横眉冷对地拒绝，只说她小屁孩儿，学习去。

等李明昊考上大学要走，罗小曼堵着他又一次挑明了——一年后，她要去找他。

李明昊哼了一声，说："罗小曼，你吃饱了撑的。"

罗小曼说："走着瞧呗。"

一年后罗小曼真去了李明昊的学校。

拿到录取通知书她都没跟李明昊明说，一直到去了学校，上了一周课，罗小曼才风情万种地出现在了李明昊宿舍门前——当时男生不允许进女生宿舍，女生进男生宿舍则管理没那么严。罗小曼嘴巴甜，说找她哥，亲哥，管理员就让她上去了。

她敲门，里面三四个声音懒洋洋地同时问："谁啊？"

里头有李明昊的声音，罗小曼精准捕捉到，站在门外扑哧一乐。但开门的不是李明昊，而是方阵。

方阵看着罗小曼，惊住："怎么是你……你……你啊？"

罗小曼有些纳闷，她对方阵半点儿印象没有，但方阵这语气，就跟和她很熟似的。也没顾上解惑，罗小曼喊了一嗓子："李明昊！"

就这一声，李明昊只穿了条大裤衩就从床上蹦了下来。

李明昊前一刻还躺那里刷手机，他被突然现身的罗小曼吓着了，跳下来惊了几秒钟，才飞快摸了件T恤三两下兜头套上。

3

李明昊狠狠批评了罗小曼一通。他觉得罗小曼脑子里不知道进了啥，能冲动到这种程度——李明昊读的大学虽然不算很差，但也不算太好。可罗小曼是妥妥的学霸，李明昊是知道的，她的成绩动不动就上宣传栏，完全可以去那种金光闪闪的大学。

罗小曼不反驳，只咧着嘴眯着眼笑。她就是要让李明昊知道她追他的决心有多大，让他知道，跟他李明昊比起来，其他的都不算啥。

再说她也习惯并喜欢李明昊皱着眉头戳她脑门儿的那种气急败坏的劲儿——根本拿她没办法，也有宠溺在里头。

但批判完后，李明昊脑子也没糊涂，最后说道："我声明一下，你这么胡来我可不负责任。到时候别说你是因为我，你是因为你自己的愚蠢。"

罗小曼这才哼了一声，说："对，我愚蠢，跟你没关系，行了吧。"

李明昊缓了口气："本来就没关系。"

罗小曼也不跟他计较，来都来了，得有个和谐的开头。于是罗小曼从包里掏出自己粉红色的钱夹来——那时罗小曼也是用钱夹的。

然后罗小曼打开钱夹递到李明昊眼皮子底下："看。"

李明昊瞥了一眼，瞅着罗小曼说："咦，哪来的？"

罗小曼钱包里，是李明昊带着校篮球队参加比赛获奖后抱着篮球拿着奖杯的照片，奖杯和李明昊的笑容都是明晃晃的。

李明昊记得，那张照片当时是贴在学校宣传栏的。

罗小曼说："我把学校的宣传栏砸了撕下来的。我厉害吧？"

李明昊傻了眼："罗小曼，你要不要这么二啊。"

罗小曼哈哈笑起来，她就喜欢看李明昊拿她没招的样子，也不告诉李明昊，照片其实是她去磨了教导处一个做宣传的老师，要的一张同样的。

她哪能砸学校宣传栏啊。

4

罗小曼就这么来到了李明昊身边。

可过了好一阵子，罗小曼差不多啥招都用上了。比如双休，除了李明昊去蹲坑和晚上睡觉，其他时间罗小曼简直寸步不离地跟着他。可李明昊还是油盐不进，简直跟茅坑里的石头一样——又臭又硬。他态度明确地告诉身边的同学和哥们儿，罗小曼是他妹。

罗小曼心里不知道骂了多少回，谁是你妹，鬼才想当你妹呢。但也没啥办法啊，这种事儿，罗小曼难不成还给李明昊下药，两人生米煮成熟饭吗?

郁闷，太郁闷了。

然后郁闷极了，罗小曼就去找方阵倾诉——后来罗小曼才知道，方阵竟然也是她的高中学兄，跟李明昊同年级，不在一个班。

同乡加校友，罗小曼跟方阵当然熟得也比旁人快，又加上方阵那么好的性子，能听罗小曼絮叨，反复絮叨他也不急。如此，罗小曼跟方阵的关系反倒比跟李明昊的要显得和谐很多。

因为罗小曼有过钱夹里私藏李明昊照片的经历，所以她才对方阵钱夹里的照片十分敏感。她基本确定了，方阵心里头，也藏了一个人，应该也是暗恋吧。

罗小曼没挑明，顿时对方阵有了一种同病相怜的感觉。

想想挺难受的。罗小曼是真开始有些难受了，转眼都一年多了，李明昊那里依然没有半点儿缝隙，始终没把感情转换到罗小曼想要的那种，简直见鬼了。

但罗小曼多么不甘心啊，越不可得越不甘心，她决不打算就这么放弃，决不！

5

但到底，罗小曼还是放弃了。不是她没坚持住，而是李明昊在大三那年有了女朋友，罗小曼不得不放弃。

再怎么说，罗小曼也是有自尊心的，她可以追一个单身男人，但不能对一个有了女朋友的男人死缠烂打，这太不拿自己当回事儿了。

李明昊那个女朋友是外校的，跟李明昊一样也是体育生，但不打篮球，打的是排球。

跟罗小曼所认知的所有排球女队员一样，李明昊女朋友高个头、大长腿，和李明昊的气质特别对路。

李明昊明明白白地告诉了罗小曼，他喜欢的是这类女孩子。

当时罗小曼的眼泪在眼眶里转了一圈又一圈。她心里又涩又憋屈，像堵了什么似的。但最后她还是忍着，没当着李明昊的面把眼泪掉下来，也没能说出半句抱怨或愤怒的话。

罗小曼必须承认，李明昊从头到尾都没有承诺过她，两人连一点儿暧昧都没有过。所以李明昊根本不用承担负心的谴责，从头到尾都是她罗小曼一厢情愿、一意孤行、自作多情……说狠一点就是恬不知耻。

最后李明昊还特别体贴地说："小曼，对不起啊。"

他让她撞得头破血流，然后塞给她一块手指头大小的创可贴，管什么用啊。

但除了骂自己一声活该，罗小曼又能怎样？

6

直到站到方阵面前，罗小曼的眼泪才噼里啪啦地落了下来，一颗一颗，一串一串，止不住，她也不想止，好像在婆家受了委屈的小媳妇见了娘家人那样。

最后罗小曼干脆也不顾形象了，就在方阵跟前，蹲在马路牙子上，脑袋埋在臂弯里，狠狠哭了一场。罗小曼哭得肩膀一抽一抽的，哭到最后像被抽干了所有气力似的，站都站不起来了。

方阵再一次展示了他的定力，一直等罗小曼眼泪流光、气力用尽，才一伸手把她提溜了起来。

被提溜起来后，罗小曼也站不稳，身体开始打晃。方阵只好把罗小曼裹到胳膊弯里，半抱半拖地把罗小曼拖进了他们常去的那家餐馆。

那天晚上罗小曼非要喝酒不可，死乞白赖地让服务员上了一打啤酒。

开始方阵想拦一下，后来他看看罗小曼那半死不活的样子，说："喝吧。"

罗小曼就喝了，对着瓶子豪迈地咕咚一口咕咚一口闷头喝着。

每喝两口，罗小曼就要跟方阵倾诉一小阵子，从多年前她和李明昊住一个院里扯到上了高中后的欣喜重逢……絮絮叨叨，啰里啰唆。方阵也奉献了一贯的耐心，听罗小曼从伤心倾诉到满嘴醉话。

罗小曼酒量不行，两小瓶啤酒就已经喝晕了，她含含糊糊地跟方阵说："你特别理解我的感受对吧？我知道你也暗恋一个人。那天我看见了，就在你钱包里放着呢。所以你懂我，你懂我的伤心……”

开头方阵还不想说，架不住罗小曼磨，后来承认了他的确也干了一件暗恋或者说单恋这种丢人的事。

罗小曼醉眼蒙眬地瞅着方阵，问道：“现在呢？现在你还喜欢她吗？”

方阵没吭声。

罗小曼说：“给我看看啥仙女啊，让你念念不忘这么多年。”她嬉皮笑脸地说，“你这是多年如一日地为她守身如玉啊。”

说完罗小曼一伸手，跟方阵要他的钱夹。

7

方阵真从裤兜里把钱夹掏了出来，伸手递给罗小曼。

罗小曼啪一下打开，透明夹层里，那张蓝底子白衬衫的证件照没了，里头是刚刚出道的赵丽颖的一张古装剧照。

罗小曼啪一下合上钱夹，扔回给方阵：“你放弃了？变心了？”

方阵说：“对，我变心了。反正人家对我没意思，难不成一棵树上吊死？”

罗小曼不屑：“你们这些臭男人。”

方阵也不甘示弱：“你们这些蠢女人。”

罗小曼没话了，她是够蠢的，又蠢又倔。可想起李明昊，想起这么多年的心无旁骛情有独钟，罗小曼还是觉得扎心。

最后罗小曼喝多了，晕得一塌糊涂，然后罗小曼就断片了。

罗小曼醒来的时候已经是第二天上午快九点了，她脑子转了半天才反应过来，她不是在宿舍，而是在酒店，被子上一股酒店消毒水的气味儿。

反应过来后，罗小曼噌的一下坐了起来，看到双人床那头，人高马大的方阵蜷缩着睡得像狗一样，还没醒。

罗小曼惊呆了，嗷一嗓子喊了声方阵的名字，把方阵喊醒了。

方阵睡眼蒙眬地瞅了罗小曼一眼，伸展了一下胳膊腿儿，慢悠悠地说："你吓着我了罗小曼。"

罗小曼哪还顾得上这个，嗷嗷道："你都干吗了？"

方阵晃晃悠悠坐起来揉揉眼："能干啥？孤男寡女，该干的都干了。反正咱俩都喝多了，酒后乱性，正常嘛！"

罗小曼快气疯了，抓起枕头朝着方阵砸过去，歇斯底里地吼道："方阵你个王八蛋！"

方阵精准地接住了罗小曼砸过来的枕头，温和地放下，说："逗你的，你都喝成那样了，我能那么浑蛋吗？不过因为太晚了回不了宿舍，只能把你弄到酒店来。反正是周末嘛，跑外头厮混的也不是你一个，没人说啥的。"

罗小曼这才松了口气。

她突然感觉特别丧气和茫然。李明昊这条路断了，本来这是她唯一的路，否则她干吗跑这来，在温暖的南方待着多好啊。

忍不住地，罗小曼又深深地叹了口气，结果听到方阵说："别叹气了，都这样了，要不……"方阵顿了一下，"同是天涯沦落人，咱俩好了吧。”

8

罗小曼真跟方阵好了。

她也不是一时冲动。那次喝醉事件后，罗小曼颓废了很长一段日子，也平静了很长一段日子，才决定答应方阵。

反正不是李明昊，与其是别人，不如是方阵。起码知根知底的，谁也不会笑话谁，就算不够爱对方，谁也不会计较谁。换了旁人，日后万一看出点儿什么来，连解释都很麻烦。

并且方阵从各方面来说条件都不错，跟方阵在一起，没有那种惊心动魄、心跳如擂鼓的激烈，可是温和妥帖——罗小曼也不再是当初的小女生了。

方阵早罗小曼一年毕业了，没走，留下来找了份工作上了一年班，一直等到罗小曼也毕业了，两人才一起回了家乡的城市。

再等双方工作都安稳下来，一年后，罗小曼跟方阵结了婚。

不再有李明昊的消息，方阵没提过，罗小曼也没问过。她终于慢慢懂得了放下，不管当初多么爱，过去了就是过去了。罗小曼知道，人得朝前看。

日子波澜不惊。

对罗小曼来说，没有刻骨铭心的爱，反而没有过高的期望，也没有从梦想天堂跌入琐碎烟火的失望和受伤，反倒平和温煦。

两年后他们有了宝宝，方阵凑巧给公司拉了一个大单，拿了一笔丰厚的奖金，两人一商量，换了套略大的房子。

搬家那天有点儿不凑巧，方阵被公司临时派去出差，挺急的，但搬家公司已经约好了。罗小曼就让方阵走他的，她把自己的老爸喊了过来。

整理琐碎东西的时候，罗小曼打开了方阵一个旧行李箱，里头是些旧物，零零碎碎的，大多可以丢弃。

罗小曼一件件朝外扒拉，扒拉到底层，看到一个旧钱夹，黑色的，边缘都已磨损得泛了白。她拿起来打开，看到在透明夹层里，当年她瞥过一眼的那张两寸证件照，蓝底子、白衬衫。

照片中的女孩十六七岁，齐刘海，脸颊有些饱满，正是曾经的罗小曼。那是她高中时一次数学比赛获奖后，和几个同学一起排列在学校宣传栏里的照片。

罗小曼怔住。

9

罗小曼坐在地板上，想起刚进大学没多久时的一幕。

那天，罗小曼和李明昊、方阵以及另外几个老乡一起吃饭，李明昊随口说："方阵，你小子咋跟罗小曼似的，也不知道脑子里进了啥，那么好的成绩也来这个破大学。"

方阵唏嘘："阴错阳差，一言难尽啊。"

当时罗小曼没吭声，因为见过了那张照片，所以暗忖，大概这是方阵的秘密吧。他喜欢的女孩子没准儿也在这里，兴许不是一所学校，但在一个城市也说不定。

原来，方阵来这里真正的原因，是她罗小曼。

如同她对李明昊的情窦初开，她也是方阵的少年情怀，或者因为她成绩优秀，或者因为宣传栏里照片上的她白衬衫齐刘海、明眸善睐。

只是她任性，把喜欢李明昊这件事闹得尽人皆知。方阵本就内敛，又知道罗小曼情有所钟，只能把少年情思深藏于心，深藏于一个男人钱夹里最重要的位置。

而方阵来北方，跟她一样，其实也是孤注一掷，孤注一掷地守株待兔，哪怕这是一场毫无胜算的等待。他知道李明昊在这里，罗小曼兴许也会来。

方阵等到了，但他什么都没说。

直到现在，方阵都没让罗小曼知道，从头到尾他爱的就是她，他只爱她一个。

她的平常日月，却是他的情深似海。

怔了许久之后，罗小曼的眼泪慢慢地流了下来，暖暖的。

一个人的爱情

1

他第一次见她时，空气里飘着桂花的清香。

她其实不算漂亮，尤其是站在那一大堆青春正好的女孩子中间。她太瘦弱，下巴很尖，脖颈细长，锁骨深陷。因为她很瘦，所以特别显高，似一根风里的芦苇，随时有折断的可能。他隔着铁栅栏望向她，有一点点怜惜，还有一点点惊悸。

他是学校食堂的临时工，她是新报到的学生。

他暗暗渴望她的身体会辗转到属于他的这个小小窗口，她果然就挪了过来，将手里的白瓷缸子伸向他。瓷缸侧面与手指之间，夹着一张崭新的蓝色塑料票。

她不看他，低眉顺眼，声音细细的："青菜豆腐。"

时间好像有瞬间的停滞，他拿着手里的铁勺迟疑一下，铁勺落进了豆腐烧肉的那个菜盆，他想了想，又给她加了半勺青菜。他很庆幸舀菜时是背对着她的，她看不清他痴迷慌乱的表情。

如他意料的那样，接过白瓷缸时她微微惊讶，张了张嘴，似乎想说什么，但最终没有说。

随后，她单薄的身影融进那一大片或蓝或灰的颜色里，像一滴水落进土地，瞬间不见。

他清楚地记得那天是2008年9月14号，B大新生开学的第一天。那天晚上，17岁的他躺在集体宿舍冰冷坚硬的铁板床上，辗转反侧，通宵未眠。

他开始迫切地期待开餐时间的来临，期待她再次出现在属于他的那个窗口，然而每次都是失望。他尝试过下班后去教学楼和女生宿舍之间的小路等她，还曾经在自习室里坐过整整一个下午，但是她就像彻底从这个学校消失了，他再也没有见过她。

两个月后的一天，他坐在空旷的篮球场旁边，忧郁地想着心事。一个雪球从他背后袭击过来，不偏不倚地落进他的领子里。

他愤怒地转身，听到细细的声音："对不起。"

他哆嗦一下，血液凝结，缓缓地抬头看她，雪那么白，她那么瘦。

在他的注视下，她有些窘迫地将手指放到嘴边，呵出一口气。她从白气中微挑着眼睛看他，显出孩子般的天真。他发现她的眼睛虹膜漆黑，有种未经尘世的美。

一时间，他的心里涌过千头万绪，说出的却只是机械刻板的三个字："没关系。"

她羞涩地感激地笑了，这时候有人叫她。

"向榆珍，向榆珍。"

她应了一声，匆忙跑开。她跑开后的一秒钟里他立刻觉察到自己的愚蠢：为什么不借这个机会请她吃饭或者看电影，或者至少问一问她在哪个班级？

这是他在学校最后一次见她。

三个月后实习期满，他没能转为正式工，从此离开B大。

2

2008年到2012年，他四处漂泊，倒票、在建筑工地打水泥、摆水果摊、卖报纸，做所有能做和不能做的事，辛苦地积攒每一分钱。

2013年，他揣着所有的积蓄回到B大所在的城市，在学校旁边开了一家小小的快餐店。

取店名时他说："就叫'XYZ'吧"。

苏朵欢呼雀跃："好啊好啊，又好记又洋气。"

苏朵是他招聘的五名员工之一，圆脸大眼，两颊一边一块酡红，笑时发出咯咯咯的响亮声音，透着乡里女孩的娇俏和喜气。

苏朵每天都是第一个到店，最后一个离开；苏朵勤勤恳恳地做一切分内分外的事；苏朵从不向他吵着要奖金或加班费；苏朵细心地把他忘在店里的衣服洗好再熨得整整齐齐……

渐渐地，每个人都看出苏朵的心思，他也看得出来，但视而不见。他承认他是喜欢她的，但也仅仅是喜欢而已。

没人知道他的心事，没人知道他最幸福的时分是回到自己的房子里匍匐床头，一边听歌一边写日记。

凤飞飞在二手索尼音箱里低低地唱："山又高呀水又急/你在东

来我在西 / 我只有天天等着你 / 海无边呀洋无底 / 你在东来我在西 / 我只有天天等着你……”

从 17 岁到 23 岁，他反复听着这首歌，它有深入他心底的曲名——《总有一天等到你》。

从 17 岁到 23 岁，他的日记里只有一个人的名字：向榆珍，XYZ。

2015 年，B 大举办建校五十周年庆典。他印了整整一千张优惠券，让苏朵她们在校门前散发。

苏朵说：“学校会统一组织吃晚饭的，发卡干吗呀，也不会有人来。”

他瞪她一眼：“你发不发，你不发我发。”

他想或许她会心血来潮，邀三五个同学找地方小聚，谁说得准呢?

校庆的时间是三天。他生平第一次为穿衣踌躇，怕西装太僵硬，怕牛仔太随便，又嫌夹克太俗气，最后穿了苏朵买的一件毛衣，高领毛衣柔软紧密地绕住脖子，是他想象里她纤细温暖的臂。然后他去花店，想着要买玫瑰，觉得过于露骨；百合，太普通；郁金香，又不贴切。最后他拿了 13 枝马蹄莲，店主说，13 是爱情的数字。

他抱着一大束花在街上走，太阳明晃晃地悬在头顶，空气里飘着桂花的味道，他走得跌跌撞撞，心里恍恍惚惚。他记起第一次见她，也是这样的天，这样的香……

一辆电动车擦着他的身体经过，他趔趄一下，几乎摔倒。他从路人惊诧的眼睛里看到自己，他的毛衣是绿色的，他的花是白色的，他的脸是红色的，上面有不知不觉沁出的细细的汗粒子。

然而，三天过去了，什么都没有发生。

他到接待处询问，接待处说，你说的那届的学生不在我们的邀请范围之内，人太多，我们只请了八五级以前的学生。

原来如此。

3

那天晚上他喝了很多酒，直到苏朵过来抢走他的瓶子。

苏朵说："你发什么宝呀？"

"宝"是苏朵的家乡话，就是"傻"的意思。

他忽然放声大哭，他说："是呀是呀，苏朵苏朵我是个傻瓜。"

苏朵不再说话，将他的头紧紧地抱在怀里。他想挣开，但是浑身发软，失去力气。

爱情究竟是什么呢？也许，一个温暖的拥抱是比爱情更实在的东西。

2016年春节，他和苏朵结婚。生活平淡安定，无悲无喜。

婚后的苏朵逐渐显露本色：早餐时眼角糊着眼屎，吃任何东西都不停吧唧嘴巴，根本记不起刷牙这回事，脚上的拖鞋总是一只红一只绿，开口闭口脏话，数钱时会眉开眼笑地流下哈喇子。

半夜醒来，他注视着身边那张浮肿的泛着油光的脸，感到些许陌生和惆怅。

他渐渐地迷上去娱乐城，还遇到一个叫素素的女孩。素素不大说话，喝一小杯啤酒便脸红气短，偶尔被逼着唱歌，声音尖细锐利，如撕裂中的帛。当然，最最重要的是，她的脸长得有几分像向榆珍。

他给素素很多很多钱，但从来不碰她。大多数时候他们在包厢里安静地对坐，甚至没有谈话。

素素从来不问他为什么，她是一个聪明的女孩。

他在娱乐城的时间越来越长，在家里的时间越来越短。好在苏朵的兴致全在生意上，对他的晚归从不过问。他亦不会不识趣地说，你这件衣服几天未换，或者存折密码是多少。

所谓恩爱，大抵如此吧。

4

他从来没有想过自己会被当众掌掴。

事发那天素素打电话来，时间是下午四点，苏朵难得在家里拖地洗衣。

素素言语间透露着惊恐：“我怀孕了。”

他笑笑：“谁的？总不会是我的吧。”

“我也不知道呀。”素素茫然，“想让你陪我去打掉。”

他说：“嗯。”没有犹豫就开始换衣换鞋快步下楼。

他没想到苏朵居然跟踪他。

当他半抱半搂着手术后的素素走出诊室大门时，苏朵从天而降，脸上满是得意，她其实早已潜伏一旁，只等在最佳时机人赃并获。

他目瞪口呆，来不及有任何反应，苏朵已旋风般上前，啪的一掌掴至他脸上。

人群里传出幸灾乐祸的笑声。

他本能地扬手还击，在他的手掌离苏朵的脸一毫米距离时，素素死死地拉住了他，尽管刚刚的手术使她苍白虚弱，但她用尽全力拉住了他。

医生说：“记住，40天内不要行房事。”

医生说完忍不住扑哧笑了一声，素素微窘。

他对苏朵说他要在外面住一阵儿，他说话时面无表情。

苏朵披头散发捶胸顿足：“你去找那个婊子呀，有本事你就不要再回来。”

他拖着行李箱径直向外走，没有回答。

他住进素素的出租屋，从超市买回肥胖的母鸡，用炉火细细地熬出稠白的汤汁，把它盛进一只青花瓷碗里，然后一口口吹冷。

素素倚在木床的横架子上，沉默地看着他。手术后的她变得异常地瘦，下巴尖锐，脖颈细长，锁骨深陷。他一时有点恍惚。

第41个夜晚，灯光暗淡，洗浴完的素素穿着一件白色裙子站在屋子中间说：“你能要我一次吗？”

“你能要我一次吗？”她的声音沉静。他的手抖了一下，慢慢地抬起来，覆盖上她的手。

他用指尖划过她的每一寸肌肤，汗水淋漓，他说：“你怎么这么瘦，你怎么这么瘦。”

他醒来时枕边空落。

素素留下字条：我走了。

5

看见坐在客厅沙发上的他时，苏朵意外地什么都没有问。她打电话让员工送菜过来，给他放热水，把他行李箱里的衣服拿出来丢进洗衣机……苏朵来来去去，动作利落。

他本来已做好充分的准备，只等她母狗般呼啸过来，再勃然作色奋力痛击，但她的表现令他失了主张。他假装不经意地瞟过她的脸，却发现不知何时，她的额上，竟横亘着一条皱纹。

一夕忽老，他念起这四个字突然觉得心酸，想起初见时，她的双颊之上有何等艳丽的酡红。

内疚如青藤蔓延，他慢慢走过去，从背后抱住她："对不起。"

她的身体在他的怀里抖动起来，起初是细微的战栗，渐渐剧烈，终于她号啕大哭。她的哭声中带出清楚的问句："不就是一个向榆珍吗？你为什么总是放不下？"

他心里轰的一声，原来她早就知道。

他将日记抱到阳台上，在昏黄的暮色里，一页页翻过。

这一页是他初见她时的惊悸，这一页是他错失机会后的懊悔，这一页是他望着店子招牌时的憧憬，这一页是他想象着重逢时分的甜蜜，这一页是他面对酷似她的那张脸时的疼痛，这一页是他酒醉时为她流下的泪水……

这么多年了，她就这样虚幻地横亘在他心里，无往不胜地击退他所有现实的幸福。她是他的毒，他渐渐成瘾，不知不觉，已断送半生。

他慢慢地将日记撕开，点燃。只在顷刻之间，他看着所有刻骨铭心的往事就那样轻易地化为一只只黑色的蝴蝶，在夜风中缓缓飞舞。从最初到最后，她什么都不知道。

从此只有蝴蝶知道，他曾经怎样地爱过她。

6

2018年9月14日下午2点15分，阳光很好。

“XYZ”对面的街道上，站着一对候车的母子。母亲穿玄色风衣，高瘦，身形如一根风里的芦苇。孩子嘴里含着一支冰激凌，漆黑的眼睛四处张望。

“妈妈，妈妈，那个招牌上的名字怎么和你的一样？”孩子忽然惊喜地指向对面，高声嚷嚷。

“哪个招牌呀？”母亲不以为意地笑笑。

这时候一辆的士开来，她来不及抬眼证实，便匆匆拉过孩子的小手上了车。司机踩下油门，车子像鱼一样隐匿在滚滚车流里。

2018年9月14日下午2点15分。

他坐在吧台后百无聊赖地翻着一本张小娴的小说，突然感到心神不宁。这时候有服务生过来拿红酒，他转身打开玻璃橱窗，倏忽看到上面闪过一个似曾相识的影子。他仓皇回头，却什么也没有看到。

服务生走后他继续翻书，一行字跳进他的眼里：爱情原来不是两个人或者三个人的事，它也许是一个人的事。

他百感交集，恍然记起，今天是认识她的十周年。他想，怪不得我老是走神。

然后他接了一个电话，电话里苏朵说，他就要做父亲了。

前世的债

1

周小郁读中学的时候，搬到了一个老式小区的破旧楼房里，在五楼，没有电梯。小区也没像样的物业，楼道里灯泡全都坏掉了。

每天晚上放学，周小郁都是跟在李牧后面上楼回家。楼道里堆满各种杂物，开始他们还磕磕绊绊，很快就轻车熟路了，凭感觉就能轻巧地避开那些乱七八糟的东西。

李牧跟周小郁一样的情况，也是因为读中学爸妈在这里买的学区房。两人在同一所学校，家也住对门，来回一起走。

那晚，在二楼转角处，小郁没想到会撞到别人身上。

那人就在楼道转弯处的一家门口站着，走在前面的李牧躲了过去，小郁走得有点偏，结果一头撞进那人怀里。

小郁哎哟一声，没撞疼，是吓了一跳。

李牧也吓一了跳，说：“咋了咋了？”

这时一双手在黑暗中握住小郁窄小的腰身将她稳妥移开，然后有个男人说：“别怕。”

男人的声音很好听，特别好听。

李牧两步蹿下楼梯，说：“你谁啊？”

这时门开了，一道亮光透出来。亮光里，小郁抬头看清楚了眼前的男人。

从那一刻起，十三岁的小郁便再没能忘记冯江河那张脸，那是一张小郁从来没有见过的俊逸和生动的脸。

2

冯江河的脸，轮廓清晰到锋利，三十岁的样子，亮晶晶的眸子，浓密的黑发。

之前小郁觉得英语老师是英俊的，但跟冯江河一比，英语老师黯然失色，全世界好像都黯然失色。

小郁的嘴巴微张，半天没合上。

冯江河也看清了光亮里的周小郁，他说：“小美女你没事儿吧？”

冯江河问了好几声小郁都没接话，她没反应过来。

门内的灯光里，一个容貌清秀的年轻女人也温和地问道：“怎么了小姑娘？”

小郁也没接女人的话，直到李牧扯了小郁一把，以一个少年自以为是的霸气语气说：“小郁他咋着你了？”

小郁突然恼了，一把甩开李牧：“什么咋着我了？你凶巴巴的干吗？赶紧走。”

然后小郁也不管李牧，抬腿上楼，三两步就跑出了二楼的灯光，隐身到了黑暗里。她跑到三楼，才听到李牧在后面闷闷地跟上来。

后来小郁在小区狭窄局促的院子里碰到过几次冯江河，有时早上她跟李牧一起去上学，会碰到冯江河跑步回来。

冯江河已经认得小郁了，碰到会笑着喊她一声：“小郁，上学去啊？”

小郁便嗯一声，拔腿走得飞快。

有一次李牧跟小郁说：“小郁你发现没，二楼那个男的长得挺像陈坤的。”

那时候，演员陈坤还年轻，正红火。

小郁就白了李牧一眼，说：“哪里像了？陈坤难看死了。”

李牧说：“你不是一直喜欢陈坤吗？”

小郁说：“你才喜欢陈坤呢！”

李牧说：“小郁你最近怎么了，老发脾气。”

小郁说：“你管我呢。”

但小郁承认，冯江河真的挺像陈坤的。

那种眼神，那种下颌的轮廓，还有他穿了西装的样子，不像《像雾像雨又像风》里的陈坤，而是像《金粉世家》里的陈坤，身上有股子少爷气。

可是小郁就是不想听李牧说，这种感觉，她只想自己知道，不想有人分享。

3

初二下学期的时候，冯江河开始给小郁补习英语。冯江河的公司是做进出口贸易的，他的英语非常棒。小郁妈无意中知道了，便去求助他。

小郁的英语成绩一直上不来，也请过家教，但是没什么效果。

听说是给小郁补课，冯江河一口应允下来，跟小郁妈说，他保证半学期后，小郁的英语成绩突破九十分。并且，冯江河说他不收费。

不给钱当然不合适，当时的补习费用，大多每小时五十元的样子。小郁妈就按照这个给冯江河付费，冯江河也就没再推辞。

冯江河也没食言，两个月后的期末考试，小郁的英语从七十分左右冲到了九十三分。

但并不是冯江河有什么诀窍，甚至冯江河很快就发现了，对补课这事儿小郁是抵触的，不管他用什么方式，她的心思好像都是飘着的，注意力完全不集中。

她看他的时间比看课本多。

后来冯江河就说了一句话，他说："小郁你再这样的话，以后我就不再来了。"

小郁愣了半天后，说："我学。"

所以小郁自己知道，冯江河也知道，小郁的英文不是他补出来的，是小郁自己拼出来的。

而冯江河收的补习费，也基本都花在了小郁身上，偷偷给她买巧克力，买书里那种会下雪的镇纸，买学校和家长都不让她们买的口红……

有一次，小郁对冯江河说："冯江河你对我真好。"

冯江河说："首先，小郁你要叫我老师，叫叔叔也行。另外，你知道吗小郁，你陈阿姨怀孕了，我想要个女儿，跟你一样的女儿。"

冯江河的妻子姓陈，冯江河的脸上是充满期待和喜悦的，但少女的心突然充满了浓烈的失落感，那种无能为力的失落。

4

一年后，小郁考上了重点高中。

那是她跟冯江河的约定，冯江河说如果小郁成功了，他就带她去看大海。

但冯江河食言了，冯江河在那年夏天被公司派去青岛负责分公司的发展，他带着妻子和半岁的女儿离开的时候，甚至都没跟小郁打个招呼。

很快有别的住户搬过来，也是为了孩子上学买的房。小郁在那天中午从二楼经过，看到换了的房门，无能为力的失落感再一次席卷而来。

小郁带着那种失落和一种莫名其妙的赌气进了高中。

李牧却没考上重点中学，他成绩一直不太好，又生性顽劣，不管家长后来怎么催怎么拼，到底也没能改变大局。

高中三年，小郁没有再和李牧见过面。两家住的房子也都转手卖掉了。然后在小郁读高三的时候，她有次路过那个小区，发现竟然在拆迁。

小郁在那片尘土飞扬的废墟边站了片刻，用力深呼吸，失落感依然来得无可奈何。

随后高考成绩下来，小郁的选择余地很大，却固执地填报了中国海洋大学，不惜浪费了几十分的分数。

十八岁的小郁倔强而笃定，父母已经左右不了她。

几年后，已经没有人还记得冯江河，至少小郁妈不记得了，再也没有提起过，小郁却一直记得。

冯江河是这么多年来，小郁唯一的方向。

小郁知道这个方向前途未卜，那是个已为人夫、为人父的男人，但是她管不住自己——从十三岁到十八岁，一直没管住。

她只能前行。

5

小郁没想到会在中国海洋大学新生报到处碰到李牧。

李牧站在那里，转头看到小郁的时候，眼神分明带着意料之中的小得意，连脑门上蹦出来的那几颗分布不均的青春痘在阳光下都闪着光亮。

李牧说："没想到吧？"

没错，小郁没想到，一是她不咋想起李牧了，再就是依着李牧中学的成绩，他最后能考个差不多的专科也就不错了。没想到李牧竟然开挂搬地考进了中国海洋大学，又一次跟小郁并肩了。

李牧说："我就知道咱们的缘分没那么浅。"

小郁说："去你的吧。"

小郁还是笑了，她当然知道跟李牧在千里之外的海滨城市重逢不是巧合。

李牧应该是一直以小郁为方向的。

但小郁没说穿，小郁不想说穿。甚至笑过后，小郁心里生出了些许酸软的歉意，或许她的方向曾经在最年少的时候也跟李牧一致过，却在十三岁那个晚上拐了弯。

小郁不能告诉李牧。

两人都学的金融，但并没有分在一个班。

小郁很快熟悉了新环境、新生活，还有这个新的海边城市。

小郁在每个周末都选择不同路线的公交车从始发站坐到终点站。李牧开始跟过几次，后来觉得枯燥，偶尔去跟男同学踢球或游泳，小郁也乐得一个人。

李牧就这点儿好，小郁当然知道李牧心里想什么，但她不说，他也不说，不让小郁为难。

直到那个学期快结束的时候，小郁才终于在这个城市某个靠近海边的位置，找到了与冯江河当年供职的公司同名的一家公司。

那天下午在公司前台，小郁也终于找到了冯江河的痕迹。

冯江河一年前自己开了家公司单干了，而公司地点，离小郁的学校其实非常近，这两个多月，小郁经过那个地方很多次都没有留意。

她满城市地找他，原来他离她，也不过两站路。

6

小郁没急着去找冯江河，直到寒假后回来的第二个学期过了一半，天气渐渐暖了，城市葱绿起来，小郁才决定去和冯江河重逢。

小郁喜欢春天的自己，内心充满了蓬勃感。

尽管之前，小郁在没有课的下午，不止一次偷偷地在那栋写字楼下看到过冯江河。

冯江河经常在下午去公司对面的一家小咖啡馆喝杯咖啡，小坐片刻。

隔了四年多，除了气质上更加成熟了些，冯江河的面容没有任何变化。

但小郁不同，十三岁到十九岁，一个女孩子变化最大的六年，小郁长到了一米七，从一个青涩单薄的小女孩，长成了蓬勃葱郁如树的女子，纤细而饱满。

小郁设定的重逢，是在见面的那一刻，冯江河在愣怔后惊喜万分地喊出她的名字。但小郁没想到，她静静地站在冯江河对面的时候，他压根就没认出她来。

咖啡馆暖色的光线里，冯江河抬头看了一眼小郁，有些诧异，只是诧异，片刻后问道："姑娘，你找我有事吗？"

小郁嘴巴微微张开，半天没答出来。她盯着冯江河的眼睛，那里面全然是疑惑和陌生。

冯江河是真的不认得小郁了，冯江河一下子就将小郁那种重逢后彼此欣喜万状的想象搁浅。她本来以为，两人会欢笑，甚至会拥抱，但是什么都没有。

这种搁浅的滞涩让小郁放弃了坦白身份的冲动，她笑起来，然后在冯江河对面坐下，说："是啊，有点小事，你能请我喝杯咖啡吗？"

冯江河一扬眉："不胜荣幸。"

那天小郁喝了杯最不喜欢的清咖，苦涩、微酸。小郁觉得那是她跟冯江河重逢的真实味道。

然后直到冯江河离开，小郁都没有说出她是谁。

他们聊了会儿天，关于咖啡、这家咖啡馆。冯江河一字没问小郁的来历，好像对此漠不关心。

冯江河走后，小郁又在咖啡馆坐了会儿，然后她去前台找到咖啡馆的馆主，一个比她大不了几岁的年轻女人，小郁问对方："你们需要钟点服务生吗？"

女人抬头看了看小郁，笑起来。

没有课的下午或者晚上，小郁就去咖啡馆打工，跟李牧说勤工俭学。

李牧不置可否，但晚上小郁做工的话，他会在小郁下班前过去接她，两人一起赶在宿舍关门前步行回学校。

小郁经常可以见到冯江河，他倒是为小郁在咖啡馆打工意外了一次。

后来，小郁给冯江河送咖啡，他会给她放下一些小费。小郁收下来，笑着说谢谢。

小郁有时站在那里偷偷看冯江河，他每次也就是喝杯咖啡，或者发一会儿呆，偶尔聊会儿微信，不知道跟什么人。

7

见面渐渐频繁，小郁和冯江河也算熟了。

有一次，小郁把咖啡给冯江河端过去放下后，冯江河例外地没有支付小费，而是抬起头认真地跟小郁说："我请你吃顿饭吧？"

小郁一愣，随即笑起来，说："你都还不知道我叫什么。"

冯江河也笑："名字有什么重要的？"

小郁没吭声，冯江河连她的名字都不想知道，却要请她吃饭。但小郁答应了，小郁想跟冯江河在一起。她这些年所走的路，不过是为了这一个目的，离冯江河近一些、再近一些。

冯江河就带小郁去吃了一顿典雅的晚餐。其实内容一般，无非是更精致些的西餐，但餐馆环境典雅，在一家酒店的露台，离海边不远，这里可以看到夜色中的大海。

小郁突然想起当年冯江河说，如果她考上重点高中他就带她去看海——如果当年冯江河兑现了承诺，也不会比这一刻更浪漫了吧？

一瞬间，小郁的心融化成水，她看着冯江河，目光里所有情思全部打开。

然后，冯江河并未退却，而是将小郁流泻的情思照单全收——他起身走到小郁身边，一句话没说便把小郁拉起来带进了怀里。

冯江河在小郁耳边说："你喜欢我？"

小郁没吭声，因为说来话长。

不吭声算是默许，冯江河笑起来，边笑边拥着小郁离开露台。

没错，那是家酒店，露台的背后是宽大华丽的卧房。冯江河径直将小郁带到卧房的床边。

小郁的心快要跳到疯狂，她所有毛孔都抗拒地张开，所有心情却在迫不及待地迎合。

冯江河的手轻车熟路，如同多年前的夜晚小郁在黑暗的楼道中跟着李牧一样游刃有余。

小郁闭上眼睛，却听到冯江河问："第一次吗？"

小郁惊了一下，身体下意识向后一撤，冯江河没防备，停留在小郁后背的手掌滑落下来。

小郁定定地看着冯江河。

冯江河再次笑起来，走到茶几旁摸起他黑色的皮包，打开后拿出两万块钱走到小郁跟前，把钱放在她手中。

冯江河说："行有行规，不能让你吃亏。"

小郁愣怔了半分钟，一把将钱扔掉，几乎同时，小郁一个耳光甩在了冯江河脸上。

小郁说："冯江河，你真无耻！"

小郁冲出酒店的时候，听到冯江河在后面问："你怎么知道我名字的？"

小郁头也没回，在酒店透明的观光电梯飞速下滑的时候，眼泪突然汹涌而至。

那天晚上，蹲在车水马龙的街边，小郁哭得不能自已。

8

小郁辞了咖啡馆的工作，把多出来的时间扔到了图书馆。

李牧也没问为什么，倒是乐得跟小郁在图书馆耗着。

日子突然慢下来，慢得像风平浪静时退潮的海水，一波一波，不急不缓。

这么过了一个又一个学期，小郁始终都没有跟李牧明确地说点什么，好像对李牧，感觉上还是缺了点什么，他触不到她心里的点。

但小郁也慢慢习惯了李牧的存在，他好像不着急，但也不三心二意，就那么目标笃定地在小郁视线内左右晃荡着。

有时候他们一起外出，路过咖啡馆，小郁会突然想起冯江河，心里忍不住打个战。她还是没能忘了他，开始是忘不掉他的好，如今是忘不掉他的渣。

那是小郁心里的暗伤，她不会告诉任何人，她唯一能做的，就是在时间里等待它愈合。但小郁不知道，她那道伤口，李牧看得一清二楚。

李牧从来没告诉过小郁，为了跟她比肩，高中三年他是怎么拼过来的。他也从来没告诉小郁，全国那么大，好的大学那么多，他为什么一定要来这里。但他知道小郁为什么来了这个城市，就像李牧早知道小郁的英语成绩为什么突飞猛进，为什么她能一咬牙考进重点高中。

小郁见到冯江河的那一晚，少女惊讶和光芒四射的眼神，在那个瞬间，如同一蓬荆棘刺进了少年李牧的心。

李牧知道小郁的方向就如同知道自己的方向，但是他必须阻止小郁前行，为了小郁，也为了自己。

所以李牧来了青岛，比小郁早一步找到了冯江河。

李牧跟冯江河说："如果你曾经以父辈之心疼爱过小郁，就斩断她的念头。"

那是一条死路，李牧知道，小郁其实也知道，人生阅历丰富的冯江河就更知道。但生硬的阻拦无济于事，只会激发小郁的斗志，李牧知道这一点，只是不知道该用什么方式让小郁改变方向。

冯江河说："交给我。"

然后冯江河就在小郁制造的重逢里，开始出演自己的角色——一个看上去道貌岸然，内心低俗无耻的流氓。

他要毁坏自己在一个女孩心里的形象并不难，何况日后不会再见。

冯江河当然也不能告诉小郁，他不仅第一眼就认出了她，他还真的有了个女儿，长得也真的有点像她。

而冯江河当初选择离开，也因为通透如他，早就看穿了少女的心事。他的离开，固然最主要是为了事业发展，但也是为了顺便避开小郁。

没想到小郁如此固执，非要碰得头破血流才肯罢休。

但有什么不能理解呢？每个人都在为了自己前世的债奋不顾身。小郁如此，李牧如此，作为一个女孩的父亲的冯江河，其实也是如此。

也只有前世的债清了，每个人的这辈子，路才会走得踏实，心才会安稳。

第二章

爱情是我们心甘情愿
臣服的暴君

后会无期

1

丁晓从小区超市买菜回来，不过十几分钟的工夫，她那条养了五年的泰迪狗就摔死了。看样子它是从极高的高空坠落，尸首血肉模糊，血呈喷射状溅了一地。

蹊跷的是她住二楼，出门时狗在家里好好的。

丁晓去物业调了监控，悬案很快侦破。狗是从十二楼摔下来的，当时那窗口还探出一颗她熟悉的脑袋，那个人是她男朋友曾小宝。

铁证如山，曾小宝招供，他前几周和十二楼那妹子勾搭上，已经约了三回。这次趁丁晓去买菜，他心痒难耐又想去约第四回。怕时间不够，他便把狗牵上，打算丁晓回来时他要还没回，就说是在遛狗。不料阳台窗户没关严，狗爬上去坠了楼。

讽刺的是这条狗还是当初曾小宝送给丁晓的定情信物。若这条狗在天有灵，它也一定会为自己曾经的身份感到淡淡的忧伤。

当晚丁晓就将曾小宝以及他的衣裤鞋袜统统踢出门。曾小宝垂死挣扎："这事儿真不能怪我，是那妹子先撩我的。女追男，隔层纱，我等于是被迫的啊。"说着，他还出示妹子发给他的手机短信以证清白。

丁晓本不想看，但迫于屏幕就在眼皮底下，不得已扫了一眼。这一眼让她三观尽碎，妹子说："听说人体有 206 根骨头，但我知道你有 207 根。"

丁晓当然不会因此原谅曾小宝，但隐约感到他说的也不是完全没有道理。对于根据科学统计每天有百分之三十的时间精虫上脑的雄性来说，面对这样赤裸裸的勾引，又有几个人能扛得住？所以柳下惠才一直是传奇啊。

丁晓怀着深深的悲伤把狗带到森林公园埋了，连同自己曾经无限相信爱情的少女心一起埋了。

2

丁晓通过艰苦细致的调查研究，找到了十二楼妹子聂萌萌的男朋友韩光年的联系方式和地址。她要向他揭发聂萌萌的真面目，告诉他聂萌萌有多么下贱无耻不要脸，让聂萌萌也尝尝被抛弃被伤害的滋味。她的恋不能白失，狗不能白死。

韩光年在京城一所著名学府念研究生，丁晓到学校后直接给他打了个电话，说找他有事。

韩光年说："可是我不认识你啊。"

丁晓说："我认识你就行了。你一个大男人，还怕被强了吗？"

韩光年就哈哈大笑起来：“你说得很有道理。”

十几分钟后丁晓见到了他，很精神的一个男孩，背着超级大的耐克双肩包，看起来像个中学生。他打量了几眼丁晓：“你是不是萌萌的朋友啊，长得有点像哦，不过美女看起来都像。”

丁晓冷冷地说：“是啊，是特别好的朋友，她托我送点东西给你。”说完她就打开手提包，把事先准备好的一个文件袋掏出来，文件袋里是她想方设法从电信提取出来的包括“207根骨头”在内的聂萌萌和曾小宝的全部短信记录。

这时韩光年的手机响了，接完电话后他兴奋地在丁晓肩膀上一拍：“哎，我论文过了，今天双喜临门，我请你去吃个饭。”说着他把文件袋一把抓过来往自己双肩包里一塞，“萌萌给的什么啊？情书吧！我待会儿慢慢看。”

丁晓心里想着，吃就吃，聂萌萌都能把我男人睡了，我还不能找她男人蹭个饭？于是她跟着韩光年往地铁站走。

两个人来到王府井那家著名的全聚德烤鸭店，因为正是吃饭的点，人特别多，服务员安排他们坐在门厅里等位。韩光年坐了一小会儿后对丁晓说：“我出去有点儿事，马上回。”说着还对她神秘一笑，然后走了。

韩光年再进来的时候，丁晓看到他的双肩包变得鼓鼓囊囊的，文件袋被他拿出来抓在手里。

她有点儿好奇地问：“你买的什么啊，这么多？”

韩光年说：“烤鸭啊，萌萌最喜欢吃这儿的烤鸭了！她那边超市也有，就是不晓得正不正宗，反正萌萌说味道都不如这儿的好……你猜我买了多少？8只！”

他边说边献宝似的，把双肩包的拉链拉开，开始从里面边掏边数给丁晓看：“1、2、3……”声音里洋溢着骄傲、兴奋，那是一种为爱人做了点什么后发自内心的情绪，一种透明得像玻璃、像蓝天、像纯净水的小幸福。

丁晓曾经也有过很多这样的小幸福，现在她体会到了永远失去它们的巨大的无边无际的痛。眼泪在她眼眶里打转，她把文件袋从他手里拿过来说：“哎，还是先搁我这儿吧。”然后瞅了个韩光年去卫生间的空儿，把袋子撕烂扔进了垃圾桶，不告而别，去了火车站。

韩光年会去问聂萌萌，聂萌萌到时会心知肚明，希望她能引以为戒，好好珍惜韩光年吧。

3

半年后，韩光年还是和聂萌萌分了。不过这事与丁晓无关，是另一个女人带着一帮亲戚踹开聂萌萌的门，把她和自己老公从被窝里直接揪出来示众。

那天小区比过节还要热闹，捉奸这种戏码就像以前农村一穷二白时偶尔放的大电影，人人爱看。这事后来还惊动了警方，并且有电视台来摄像。

丁晓也夹杂在看热闹的人群里，这是她第一次近距离观察聂萌萌。虽然聂萌萌一张脸被眼泪鼻涕和被打出来的血水糊得乱七八糟，身上只胡乱裹了条挡住关键部位的毛巾，但还是看得出来是个“妖精”。

丁晓想到曾小宝，又想到韩光年以及他的双肩包，心里突然有点堵。

最好的青春浪费在最不值的人身上，明月照了沟渠，痴心沦为笑柄，是一件多么悲凉的事。

丁晓没想到她很快又见到了韩光年。

就在聂萌萌出事后的第二天，韩光年照常给女友打电话，打了几十个都被掐断。他再打给她的几个闺密，闺密或答不知道，或吞吞吐吐，或干脆挂断。他再三追问，也许是有人知道纸包不住火，终于告知他真相，于是他连夜搭火车从京城赶来。

没有座位票，他站了七小时，进小区时腿还是瘸的。丁晓正好出门倒垃圾，一眼就看到他和他的双肩包。她有点儿不知所措，他先叫了她。有大约半分钟，他们沉默不语。

“你准备怎么办？”她问。

“不知道。”他说。

他们无言地往电梯走，灯光打在他身上，她震撼地发现，他居然一夜白头。以前她在书里看过，以为一夜白头只是传说，但现在那些夹杂在他黑发里突然多出来的颜色，真实得令她触目惊心。

她往他身边靠了靠，握住他的手说：“会过去的，要坚强。”

这一刻，她才发现他在抖。因为她提供了依赖，他像孩子逮到申诉委屈的机会一样，抖得更加厉害，到后来连站立也不稳了。她只好干脆地抱住他说：“你哭一哭吧，哭出来就好了。”

他趴在她肩头，抽噎渐成号啕。白色的灯光拖长他们孤单的影子。

4

韩光年在丁晓家过了一夜，因为聂萌萌压根就不让他进门。

丁晓陪韩光年上去过一次，聂萌萌在里面歇斯底里地吼：“给我滚远点，戴了绿帽子还上赶着来擦屁股，你是有多贱！你要是争气点儿，我也不在外面搞了……”

韩光年快哭出来了：“别这样，萌萌，你冷静点。”声音焦灼又虚弱，像被捉奸的是他。

丁晓看不下去，鼓足勇气也吼了一嗓子：“聂萌萌，你睡谁是你的权利，可你不能这样对韩光年，他有多爱你你知不知道，你真不是个东西。”

哪知聂萌萌更来劲儿了，当下把门开了条缝儿，露出一双轻佻的狐狸眼：“哎，我以为是谁呢，原来是你啊，你俩倒挺般配。得，我就把他送给你吧，就当是还了欠你的债。”怕韩光年没听懂似的，她又补了句，“我睡过她男人。”

韩光年震惊地看着丁晓，丁晓面红耳赤，落荒而逃。

韩光年追上来，对丁晓说：“我替萌萌给你说声对不起。”

丁晓说：“对不起什么啊，你现在又不是她什么人。”

两个人沉默地下到二楼，进了丁晓家。

那一夜，韩光年一直在给丁晓说聂萌萌。

聂萌萌家有两个孩子，她是姐姐，她下面还有个弟弟。她弟弟十岁那年患上了尿毒症，要换肾，爸妈都没配上型，她配上了。但她那年也只有十五岁，非常害怕，死活不肯上手术台。后来弟弟死了，爸妈就和她断了关系，将她赶了出来。

所有人都认为她罪有应得，她也自认是个“坏女孩”。因为要养活自己，又没什么文化，于是去了“坏女孩”应该去的地方，当了“小姐”。但她一直有个很特别的习惯，就是只要认识的人里有得尿毒症的，她就会捐款，而且一捐就不是小数目。

那年韩光年的一个远房亲戚也得了尿毒症，在网上募捐，聂萌萌一口气捐了五千。韩光年因此加了她的QQ，两人就这么聊上了。当然刚开始她隐瞒了底细，两个人好上后才坦白。在韩光年的要求下，她改行在商场租了个柜台卖化妆品，两个人正经八百地谈起了恋爱。之后她一直表现得挺正常的，韩光年做梦也没想到她居然会这样……

“也可能是因为我对她关心不够。我考研时，她就说过要我选这边的学校，可我光顾着自己的前途。她毕竟热闹惯了，哪里禁得住这种日子……”

丁晓无语地听着他检讨再检讨。一个人要爱另一个人到什么程度，才能变得如此傻，对方做什么都是对的，万一错了也一定是有理由的，也要理解人家的不容易。

韩光年像看出了她的心思，说：“你知不知道，其实你也挺傻的，不然为什么到现在还一个人住。萌萌说得很对，我俩倒真般配。”说着，他伸手从旁边的玻璃柜里顺了一瓶酒，“来，为两个傻子干杯！”

5

两个人都醉了。

迷迷糊糊间，丁晓感到有一只手伸过来，在她的纽扣上摸索。她下意识地去抵挡，韩光年用一种梦呓般的语气说："给个机会吧，我想爱一个好女孩，重新开始，从此好好做人，好好生活。"

丁晓半梦半醒，心里一酸，手松了。是啊，她也应该重新开始了，爱一个好男孩，韩光年是个好男孩。

他们翻滚在一起，拥抱、接吻。他的舌头灵活得像蛇，手指敏捷得像蜻蜓，将沉寂了太久的她瞬间激发和打开。那么快，她的春天就来了，水流婉转，芳草肥美，坚实的幸福即刻可期。

突然她停顿了，有什么东西硌了一下她的手。她顺手一抓，是曾小宝的剃须刀。她曾经把它扔进垃圾筒，后来又捡了回来。她给自己的解释是，它本来就是她买给他的，很贵，要一千五百块，扔了太可惜。

但这一刻，她再也骗不了自己。她的身体像被惊动的蚌，一下子就闭合了，所有的撩拨都变成刺，令她惊骇和恐慌。她一边抓住韩光年的手不顾一切地说："停下来，求你了。"一边伸手啪啪啪摁亮了房间里所有的灯。

刺目的光线里，韩光年也清醒了，用有点恍惚的眼神看了看丁晓，又看了看自己，说："哎，这怎么回事啊？"

丁晓用毯子裹紧自己，扭过头不看他，说："我怎么知道，反正傻子和傻子在一起就干不出什么好事。"

片刻，两个人哈哈大笑，然后一起红了眼眶，落泪。

明明他们都知道对方是合适的人，却没法交付。就像明明他们都知道另一个不合适、不值得，再多纠缠一秒都是错，多望一眼都是罪，多想一分都是痛，却仍然欲去还留、飞蛾投火、死心塌地。

而这所有的泣血饮泪，也多半并不会让你后悔，不过是在心里把那个人渣打磨成珍珠。多年以后，你对这世界已经云淡风轻，提起他心里却还会不由自主地一颤："那是我唯一真心相对过的人。"

没有什么原因，爱情是我们永远心甘情愿臣服的暴君。

车站，丁晓送别韩光年。

后会无期。

男人要不要给女人送钻戒

1

南芬没想到她妈真能那么干，一个破网络公司搞的千人相亲，不光去帮她报了名，交了六百六十六块钱巨额报名费，还在南芬坚决拒绝出席的情况下，替她去了。

并且，她妈不光去了……南芬跟黄东升说起来的时候，简直满脸泪。

南芬觉得这次是让自己亲妈把人给丢到家了。她妈拿着她的素颜照片发名片一样满场发不说，还跟人说，有诚意跟她闺女谈的，先买个钻戒来表示诚意，至少一克拉，连南芬无名指尺码都附上了。

据南芬妈说，那天整整洗了一百张南芬的照片，全发完了。

南芬说："果然是亲妈，换个人这么做，我非和她拼了不可。"

黄东升差点笑岔气，说："你余南芬如今也算名声在外，估计没人敢打你主意，这下可算便宜我了。"

南芬说："你想得美，看我妈这阵势，有那么好糊弄？头一次见都能跟人要钻戒，要知道我跟你私订了终身，还不得让你拿着车本房本上门啊？兄台，你有吗？"

黄东升顿时有些英雄气短，南芬就没再把这个玩笑开下去。

南芬也知道，没钱，或者说穷，是黄东升的短板，也是他的软肋。他俩私下里好了快一年了，南芬也提过两次，但黄东升却一直没能鼓起勇气跟她回家见自己爹妈，自然是底气不足。

南芬也不是刻意跟黄东升说，但她知道自己的妈，就是势利得理直气壮、光明正大，不说势利到什么地步，但是以黄东升的条件肯定在她妈那里过不了关。

黄东升也不是说多么穷，人长得不错，工作也说得过去，但的确是那种"身后空无一人"的家境，光靠自己买房买车，至少要拼搏半辈子。

南芬家也是普通家境，用她妈的话说："别指望人生大事儿上让爹妈掏钱，爹妈没能力管，日后不拖累你南芬，就是对你人生最大的贡献了。"

所以，南芬妈说："你抓紧找个好人家，趁年轻，还有点姿色。"

南芬就这个用词跟她妈抗议过，说："这是亲妈说的话吗？"

南芬妈说："话说成啥样都没关系，事实就是事实，等再过三年，余南芬，你的身价至少打个对折。"

有妈如此，南芬也算服气，所以对她妈在相亲会上发照片、要钻戒的惊天举动，南芬气归气，也真没意外到什么程度。

只是黄东升在气短了一会儿后，还是不敢置信地说："一百张照片都发完了？不会吧？”

南芬确定地说：“会。”

因为确定会，所以那几天，哪怕大热的天，南芬出门都恨不能把自己包得自己都认不出来。

别的不怕，南芬怕万一哪个男的拿这事儿开涮，把她的照片发个朋友圈什么的，就算她不认识对方，但谁知道强大的朋友圈会盘根错节到什么程度，没准就被熟人看到了。

那就太糗了。

2

好在差不多过了半个月，没起什么波澜。南芬每天睡醒就提起来的心，往肚子里放了放，不过没能等心完全放回去，麻烦还是跳了出来。

那天南芬上班不久就接了个电话，对方说他叫韩波。

南芬想了半天，说：“咱俩认识吗？”

韩波说：“不认识，但也算认识。”

南芬有点儿糊涂。

韩波说：“那次相亲会，你妈给过我你的照片。”

南芬脑子一蒙，后患来了。半天，她呃了一声，说：“那个……不好意思啊，我妈她性子有点儿直，其实那事儿……”

韩波说：“我觉得你妈挺好啊，实在、不转弯抹角、有啥说啥。”

南芬有点愣怔，纳闷了半天后说：“你找我是？”

韩波说：“你妈那天说如果有诚意，先买个钻戒，我买了，不过是裸钻，想让你看看。”

南芬有点儿傻眼。

老妈那个举动，南芬想了很多种后果，唯独没想到这一种。怎么可能呢？怎么可能有人这么干呢？见都没见，谈都没谈，一克拉钻戒先买了。

裸钻也需要好几万。

电话里那个叫韩波的男人说：“我就在你们公司下面，也到了午饭时间，咱们一起吃顿饭吧。”

南芬直接不知道接下来该说啥了。

但南芬还是下去了，纵然她可以忽略一个比她妈还二的男人，可是她倒真是想看看，那颗一克拉的裸钻是什么成色。

南芬不贪财，但南芬也是女人，一个26岁风华正茂的女人，对钻石有全天下所有女人共同的好奇心和贪心——哪怕就是看看的贪心。

并且，南芬有点不相信这事儿是真的。

南芬就那么见了韩波。

韩波三十出头，个不太高，五官倒是端正，衣着也得体，身旁停了辆十几万不到二十万的轿车，能看出来生活条件应该不错，至少比黄东升、比南芬自己都要高一个小档次。

可是，不是南芬喜欢的那款。南芬喜欢黄东升那款，五官精巧，大长腿，百来块钱的衬衫塞长裤里都帅帅的。

不过南芬还是在韩波眼神里看到了闪烁的亮光——好吧，自己老妈发放素颜照的效果出来了，此刻的南芬化了个淡妆，比素颜照又好看了三分。

南芬在韩波的眼神里感觉到，她是物有所值的。

真是，这算怎么回事?

但来也来了，那顿饭南芬索性也就吃了。

3

韩波是在上菜之前，把精巧的亮紫色的首饰盒拿出来的。

他打开，唰啦一下，不过黄豆大小的一颗小钻石，闪烁的光泽瞬间让整个餐厅水晶灯的光亮都暗淡了一下。

南芬的眼神，被吸住了至少半分钟。

南芬并不精通钻石，但多少也知道一些关于钻石的常识，比如颜色和净度，以及重量。这个裸钻证书齐全，1.05克拉，颜色和净度当然不是最好的，但也不是很差的那种，都在中等偏上一点儿。

南芬用自己财务人员的思维将这些数值很快转换成了现金，应该在八万到十万块钱之间。然后，南芬的心也被闪了一下。

这不是求婚和订婚，也不是男女欢好之后的物质宠爱，而是未曾谋面仅凭着一个相亲会、一张照片就付出的真金白银。

南芬突然觉得原来不是她妈脑子进水了，而是这个叫韩波的男人脑子进水了，怎么能这么干呢?

韩波要的菜陆续上来，色香味也在那里闪烁着，可是南芬一点儿食欲都没有，她又看了眼那块小钻石，有点儿艰难地把它推回韩波跟前。

没错，有点儿艰难。

有些东西的诱惑力太大，不是一颗平常的女人心可以轻易抵挡的。但抵挡是必然的，南芬不过是迟疑了一小会儿。

南芬说：“这件事我不知道该怎么说。”

韩波说："我知道这听起来很荒唐，可是也没你想的那么荒唐。大家都活得挺紧张的，我已经32了，其实没多少时间去慢慢认识一个人，然后慢慢熟悉、一点点开始，否则也不会去参加什么相亲会了。我也不是全然盲目，至少我看过你的照片，有这个意愿。"

南芬愣了一下，韩波太直接了，就跟他拿着钻石上门一样直接，可是想想好像也没毛病。但这不是交易，看到照片，有了意愿，然后拿颗裸钻买一个开始。

说不荒唐，到底也是荒唐。

南芬说："我不能否定你的想法，但是那的确不是我的意思，而是我妈的意思。之前我跟她并没有统一意见，所以，韩……韩先生，抱歉让你破费这么多，又白跑一趟。"

韩波却好像料到了南芬的反应，说："我知道，这事儿也不是做生意签合同，我不过是想，总得试试才会知道。做生意也是需要投资的，投了也不见得回本，其他事情也一样。"

南芬哑然失笑，韩波应该是个生意人，这种思维放在生意场上完全没问题，但她能说的还是只有抱歉。

接下来饭也没吃几口，南芬借口公司有事先走了。韩波没表现出任何不快，在南芬走的时候，甚至还起身目送了她。

南芬唏嘘了一下，那可是颗真的裸钻啊。

这次，韩波赔大发了。

当然她也没赚到什么，只赚了一个眼福。

4

南芬还是把韩波跟裸钻的事儿告诉了黄东升。

她当然不能告诉老妈，不然老妈非炸了不可，没准能逼着她去把这颗小钻石再要回来，套上个圈戴自己手上，强买强卖了。

本来南芬觉得她妈就是这个意思。

但南芬没想到黄东升的反应也挺激烈的，黄东升说："不会吧？不会有这种傻子吧！南芬你开什么玩笑。"

南芬是笑着跟黄东升说的，可不知怎么，黄东升这口吻却让南芬听着有点儿不舒服。南芬说："黄东升你啥意思？你觉得给我买钻戒的就是傻子呗！"

那端，黄东升顿了一下，片刻后说："我是说，咋还有这么不按套路的人呢，暴发户吧？"

南芬说："看不出暴发户来，很正常的男人。"

黄东升的口气有了一点儿清晰的醋意，说："多大钻戒啊？你确定是真的？现在的假钻石比真的还像真的呢。"

南芬说："黄东升，我就算没吃过猪肉也算见过猪跑吧。"

黄东升终于听出南芬恼了，说："我就觉得见都没见过面就买钻戒，这人指定脑子有问题，给你提个醒。"

南芬说："我不是傻子，能看出来有没有问题。"

南芬把电话挂了。

半天，南芬有点回不过神来，她本是抱着戏谑的心情跟黄东升分享一下这件奇葩的事儿，可是她自己也不知道怎么了，有点接受不了黄东升听到之后的态度。

吃醋很正常，觉得韩波奇葩也正常，不正常的是，黄东升自己买不起钻戒，凭什么这么嘲讽买得起钻戒的人？

南芬就这感觉，凭什么？

假的？她眼又不瞎，那种明晃晃的光泽，是假钻戒能发出来的吗？吃醋就吃醋，干吗那么没胸襟啊！

莫名其妙地，南芬一个下午心里都好像憋了一口气，有点后悔跟黄东升提这一嘴，蛮影响心情的。

然后，南芬啥活儿也没干成，点开浏览器，开始搜索1.05克拉的钻戒，可还没搜出来价格，南芬妈的电话进来了。

南芬才知道她又失算了。也不是失算，而是她把程序忽略了，韩波此人此事，老妈肯定是知道的，那天相亲会，南芬妈在南芬照片后面留的，是她自己的电话，不是南芬的。

南芬妈开门见山，问南芬对那个小钻石是否满意，对它的持有人韩波是否满意。

南芬说："又不是值个千儿八百万，那一丁点儿东西你就打算把我卖了？"

南芬妈说："是一点儿东西的事儿吗？一百个男人就一个拿着真金白银买了钻戒的。闺女，那不是钱的问题，那是诚意和态度的问题。"

南芬说："那是不是谁拿了钻戒，都等于有诚意啊？"

南芬妈说："起码能确定那个人对你舍得付出。"

南芬有些哭笑不得，不打算跟她妈继续掰扯下去，秀才遇到兵，没法掰扯。

但南芬妈不依不饶，说："我跟韩波说了，周末来家里吃饭。"

南芬也没表示惊讶，没什么可惊讶的了，她说："他要去我就不回去了，我在外面吃。"

南芬妈说："你就成心气我是吧？"

南芬说："亲妈没你这么干的。"

南芬妈说："我知道你为啥，你不就看中姓黄那小子，也行，你让他给你买一个一样的钻戒，礼拜天我把他当姑爷接待。"

南芬顿时傻了眼，她是真小看她妈了，跟黄东升这事儿，在家里她一个字都没提过，但她妈显然全都知道，就在这里等着她呢。

但南芬也真被呛在这儿了。

"行，"南芬说，"可是你说的。"

南芬妈说："我说的，你把自己私房钱补给他加一块儿，他要给你买，我说话也算！"

南芬说："好。"就把电话挂了。

5

挂了电话的南芬没给黄东升再打，她发了微信给他，约他一起吃晚饭。

黄东升立刻就应允了，说："宝贝你想吃啥？我订座位。"

黄东升当然不傻，知道南芬刚才生气了，现在给了他台阶，他当然要快点儿跑下来。

南芬憋了半天的气缓缓出来了一点儿，黄东升向来是宠着她的。

两人去吃了火锅，吃到满头大汗的时候，南芬把她妈说的话跟黄东升说了。

南芬说："除去这些年上交的，我手头有三万多块私房钱，吃完饭一会儿咱们去商场瞅瞅。"

黄东升的筷子突然停在了半空，他说："可是南芬，我没那么多钱。"

南芬说："一般的钻戒，一克拉左右，也就六七万，你添一半就可以了。"

黄东升说："我一半也没有。"

这次南芬扎扎实实地愣神了。

黄东升跟南芬一样大，工作三年了，多了她不敢说，但手头四五万块钱总是可以拿出来的，过了她妈这一关，后面买房买车啥的，两人齐心协力慢慢来就行了。

黄东升怎么会不愿意呢？

南芬说："没有咱们就借，反正我必须用一个小钻戒堵上我妈的嘴，让她没话可说。"

黄东升说："南芬你别赌气成不？这可是好几万块钱呢，就为了堵你老妈的嘴？你想想，咱们这种生活，日后不可能戴着钻戒过日子的，太奢侈了，有那个钱攒了交首付买房子岂不更实惠？"

这道理南芬怎么会不懂，可是谁知道横空杀出来一个韩波呢？当然，南芬也可以跟老妈翻了脸，拿着身份证户口本去跟黄东升把证办了，证明一下爱情的坚贞。

但是南芬不愿意，不愿意跟她妈翻脸，也不愿意在这件事上，黄东升输给一个凭空杀出来、跟她连认识都不认识的男人。她南芬，也是年轻貌美、有虚荣心要面子的女人。

何况她也真是铁了心要跟黄东升好，不然她也不会掏出所有私房钱。但南芬一万个没想到，黄东升竟然不愿意，她本以为他会感激地抱着她转圈。

南芬高涨的热情和期待，就那么一下子被晾在了半空，上不去，也没掉下来。

黄东升还在说：“南芬你不是那种虚荣的女人，我知道，这事儿咱不接招，你也别着急，慢慢来，会好的。”

南芬噌一下站了起来：“黄东升，我 26 岁了，慢不了！”南芬突然觉得饱了，一口都不想再吃下去了。

这一天，她跟两个不同的男人吃饭，都是围绕一枚钻戒，第一次是推拒，第二次是索取，结果却一样，都是失去了吃饭的兴致，索然无味。

而南芬气鼓鼓地朝外走的时候，黄东升竟然没去追她。

追上又怎样？关键点不在这里，关键点在钻戒。

黄东升不打算买，所以索性不追。

6

南芬又一次在自己老妈那里输得彻底。

好在她留了个心眼，偷着给韩波打了电话，周末韩波没趁火打劫地过来，而是跟南芬老妈汇报说要出差。

南芬妈趁机跟南芬说：“看，有事业心的男人周末都不闲着，黄东升倒是年纪轻轻，礼拜天在家干吗？打那啥王者……农药？”

南芬没接茬，她愿赌服输，完全不是她妈对手。南芬不打算再跟她妈当面锣对面鼓了，索性认怂，不吭声。

黄东升一天没有来电话，也没有发微信。

南芬知道，谁都有自己的倔强和自尊，冷静下来后南芬还是反省了一下，大概她也有点难为他了，买房子的确比买钻戒要紧得多。

各自冷静两天吧，南芬想。

可人生就那么操蛋，南芬刚用理智劝了自己没俩小时，晚上刷朋友圈时，她看到黄东升的一个同事，也是南芬的同学，在朋友圈里晒了半年奖，三万块。

同学说："公司终于开挂了，谢谢领导。"

当初，南芬就是通过同学认识了黄东升，然后一见钟情的。

南芬的心就像被什么硌了一下，犹豫了半天，她还是点开了私聊，问同学："每人三万吗？"

同学说："我基本最低，你家黄东升这半年成绩最好，拿了最高比例奖金，五万多一点儿，哈哈，南芬，等着吃大餐吧。"

南芬说："呃，等着。"

以前黄东升每次发奖金，都会请南芬吃顿好的。但这次，南芬不打算等了，她前一天僵在半空的期待和热情终于掉了下来，啪嗒掉到了地上。

而也就在这时，黄东升却发来一条微信，黄东升说："你知道有一些大的首饰品牌，一周之内都是可以退货的吗？谁都不是傻子，尤其是生意人，才不会盲目投资呢！"

南芬刚刚摔下来的期待，这下摔瓷实了。

南芬回了过去："你说得对，他不是傻子，他可能已经去退货了，但是我是傻子。"

黄东升说：“没有钻戒，我们一样会很好。”

南芬说：“但我现在就想要一个钻戒，钻戒钻戒钻戒！”发出去，没等黄东升回复，她把黄东升的名字删除了。

跟着，南芬的眼眶蓦地湿了一下。不，她不想要钻戒，只是这一刻她知道，她也不想要黄东升了。

她甚至相信了黄东升说的话，韩波以貌取人地选中了她，去某家品牌店，花重金买了这么一颗小裸钻，是试探，是投资。南芬若不接受，他可以退回去，或许会补偿一点儿费用，但对投资人来说，损失在预测范围内，也不算什么。

可是这又怎样呢？至少，他是愿意投资的。

黄东升却连这点儿投资都不愿做，完全是姜太公钓鱼愿者上钩，但现在南芬不愿意了。

她即便依然是一条鱼，也希望鱼钩上能有点儿什么。

一枚钻戒，或者，愿意买钻戒的勇气和态度。

南芬突然想跟老妈谈谈了，谈谈钻戒、男人、婚姻，以及人生，没准能学点儿什么。

另一种圆满

1

刚出电梯口，在许小兵租房转角处，铃兰瞅见了马俊明。马俊明跟许小兵都是他们公司业务员，合租了一套小公寓，睡上下床，为了省钱。

马俊明正耷拉着脑袋靠着墙坐地上抽烟，脚边儿已经有了俩被牙齿咬扁的烟头和一小簇烟灰。

铃兰喊了马俊明一声，马俊明手一哆嗦，好像被铃兰吓到了，剩了一半的烟从手中掉下来，落在牛仔裤裤脚上。

马俊明一抖腿，把还燃着的烟头抖掉了。

铃兰扑哧一乐："干啥坏事儿了，这么心虚？"

马俊明脸一下红了，说："没。"

马俊明平常脸挺白的，有时候铃兰跟许小兵开马俊明玩笑，会叫他"小白脸"，所以他脸红起来特别明显。

铃兰还是有点儿纳闷，马俊明不太正常。并且马俊明跟许小兵都抽烟，平时窗子一开，就在屋里吞云吐雾，不知道马俊明咋出来了。

马俊明挠头，说："屋里闷，出来透透气。"

铃兰哦了一声，抬腿朝前走。她也就是好奇随口问一句，心思没在马俊明上头，她是来找许小兵一起吃晚饭的。

铃兰刚出差回来，迫不及待想见许小兵。她事先没想打电话，不过是小女人心思，要给许小兵一个惊喜——她原本是定了第二天回来的。

可铃兰也就刚朝前走了一步，马俊明突然跨过来一把扯住了铃兰的背包包带，用力往后一拉。

铃兰没防备，被扯得一踉跄，差点儿跌到了马俊明怀里。

2

这回铃兰吓一跳，回头看马俊明一眼："你干吗？许小兵没在？"

马俊明脱口说："他还没回来。"马俊明扯着包带没松手。

铃兰说："没在你也不用扯我。"

马俊明眼神闪躲。

铃兰一顿，马俊明明显欲盖弥彰。

用力把马俊明的手从包带上掰开，铃兰拔腿就往前冲去。

马俊明动作也不慢，虽然马俊明没许小兵身高腿长，但到底是男的，在离房门半米远的地方再次薅住了铃兰。这回马俊明很干脆，拦腰把铃兰抱住了，抱着就朝后撤。

铃兰心里明白过来，许小兵一定在屋里做什么不能让铃兰撞见的事，并且是也不能让马俊明目睹的事。

那不可能是别的事情。

铃兰心头一下就着了火，本能地用力从马俊明怀里朝外挣脱。房门近在咫尺，铃兰非进去不可。

不料马俊明这回竟也倔成了狗屎橛子，任铃兰怎么用劲儿也死不撒手，就那么拦腰抱着铃兰，像抱着一个炸药包奋力撤退，奋力把铃兰抱到了电梯前按了电梯键。

铃兰抓狂了，一指甲下去，马俊明的手背出现了一道血印子。

马俊明嗷一嗓子松了手，也只松了一下，没等铃兰借机冲出去，俩胳膊又把铃兰缠住了。

这时电梯门开了，马俊明一把把铃兰塞进了电梯。

知道挣不开马俊明了，铃兰无望地扯着嗓子喊了一声："许小兵你个王八蛋，我非宰了你不可！"号叫声的后半截被关在了电梯里。

马俊明倾尽全力控制着铃兰出了电梯，终于力气用尽，两手一松，跟同样挣扎到力气尽失的铃兰，一块儿跌到了电梯外的地板上。

马俊明的腿垫在了铃兰身下，刚好膝盖骨硌到铃兰肋骨上。铃兰想爬起来，眼泪却突然冲进了眼睛，眼前一片模糊。

就那么躺在马俊明腿上，铃兰哭得歇斯底里。

马俊明傻眼了。

3

半天，马俊明手忙脚乱地把腿抽出来，又翻身爬起来去扯铃兰。

马俊明有些语无伦次："你别哭了岳铃兰……你别在这儿哭啊岳铃兰。"

铃兰不起来，坐在地上哭着问："那我去哪儿哭？我就跟这儿哭。"

铃兰心里难受死了。

马俊明到底也没能劝住铃兰，劝住铃兰的是几分钟后从楼梯上下来的许小兵。

许小兵下来后走到铃兰跟前，伸手就把铃兰扯了起来。

许小兵说："跟我走。"

铃兰泪眼蒙眬，恨恨地瞪着许小兵。

许小兵说："有啥话出去说，这是公共场所。"

马俊明瞅瞅许小兵，又瞅瞅铃兰，摸着被铃兰挠出血道子的手背，吸了口气。

许小兵也瞅见了马俊明手上的伤，戳了铃兰脑门儿一指头："疯了吧你！"

铃兰不吭声，在许小兵扯着她朝外走的时候，突然一弯腰，张口咬住了许小兵扯着她胳膊的俩手指头。

许小兵嗷一声松了手，铃兰却没松口，脑袋跟着许小兵的手指头仰到了半空。许小兵大惊失色，最后不得已掐了一把铃兰的脖子，铃兰才松了口。

两根手指受伤严重，被铃兰的牙齿嵌出深深的齿痕，血珠子一滴一滴地往下落。

许小兵也许是真的疼极了，转头朝着铃兰一巴掌抽了过去，巴掌没落到铃兰脸上，冲过来的马俊明把铃兰一把扯开了。

马俊明吼道：“许小兵你干吗啊？”

许小兵回过神来，一脑门儿汗地看着铃兰，吸着气说：“岳铃兰，咱俩两清了。”

铃兰红着眼睛瞪着许小兵：“做梦！”

马俊明把铃兰拉到身后，对许小兵说：“赶紧去包包你的手。”

许小兵吼得歇斯底里：“岳铃兰你就是个疯子，知道我为啥不要你了吧？因为你就是个疯子！”

铃兰红着眼又要朝许小兵扑上去，再度被马俊明拦腰抱住了。

马俊明抱着铃兰说：“许小兵，你给我赶紧滚蛋！”

许小兵咬着牙走了，手指头上的血珠子滴答滴答，在楼前石板路上滴答了一路。

铃兰整个人在马俊明怀里瘫软下来。

4

马俊明一直把铃兰拖到了小区对面一家小面馆。

马俊明说：“别再闹了，先吃点儿东西吧。”随后要了两碗打卤面。

铃兰木偶一样坐着，呆呆的，不说话也不吃东西，马俊明递过去筷子她也不接。

马俊明叹口气：“何必呢？都这样了。”

铃兰眼珠子转转，看马俊明一眼：“那女的谁啊？”

马俊明说：“啥女的。”

铃兰说："少给我装，告诉我那女的是谁？"

马俊明说："知道是谁有意义吗？别管她是谁，反正是一女的。"

"我要杀了他。"铃兰眼神直勾勾地盯着马俊明说，"我要杀了许小兵这王八蛋。"

马俊明手一哆嗦，铃兰的眼神决绝空洞，有点儿吓人。

铃兰说："这事儿跟你没关系，我要杀了许小兵这王八蛋。"

她吼出来这句，吓得旁边收拾碗筷的服务员碰掉了一个瓷碗，啪一下掉在大理石地板上碎成了好几片。

铃兰哇一声趴在桌上又哭了。

这一哭，马俊明心里松了口气。他也没劝铃兰，就坐对面瞅着她，瞅着铃兰纤细的锁骨一颤一颤，默默叹了口气。

铃兰终究是哭完了。

马俊明把面碗推过去。

铃兰泪眼蒙眬地看着马俊明："我不想杀许小兵了，马俊明。"

马俊明说："这就对了。"

铃兰说："我想死。"

马俊明一下被噎住了。

发疯和哭都没用，铃兰没过去这个坎儿。

马俊明眉头拧出个疙瘩："岳铃兰，许小兵没说过娶你吧？你开头跟他好的时候没想过会这样吗？许小兵是谁啊？我们公司出了名的风流坯子，跟他来真的，你不是自己找死？"

"我就是找死。"铃兰抹一把眼泪，"我愿意。"

“到底多喜欢他？”马俊明撇嘴，“你们女人可真够无聊的。”

“你有多喜欢于欢？傍大款的女人又有啥好？你凭啥看不起我！”

马俊明的脸彻底寒了：“你咋知道于欢？”

铃兰冷笑：“你以为你们男人就能守口如瓶？我呸！都一路货色。”

这一场兵荒马乱，铃兰心里半点儿没章法了，恨不能随便找个人互相伤害一把，马俊明把自己送上门，不怨她。

马俊明噌地站了起来，指着铃兰说：“刚才我就该让你撞进去，最好谁有本事把谁打死，都活该。”

马俊明踢倒凳子走了，账都没结。

这倒让铃兰愣了半天。认识马俊明小半年了，铃兰还没见马俊明发过脾气，一直当他是没脾气的，或许是被戳到痛处了吧。铃兰蓦地醒过神来，她跟马俊明原来同病相怜，都被自己深爱的人辜负了。

可是辜负了，铃兰也依然还喜欢许小兵，就像马俊明也依然忘不了于欢。

5

铃兰和许小兵认识的过程很简单。

有一回铃兰跟女友在外头撸串，结果碰上俩浑球儿喝多了过去动手动脚。许小兵凑巧也在，一个人把那俩人解决了。

后来铃兰道谢，许小兵说：“不用，我就这毛病，碰上好看的女的就想管，哈哈哈。”

后来很多次回忆起来，铃兰承认许小兵的确是个风流坯子，一开始他就没遮着掩着，摆好了愿者上钩的架势。

铃兰就上了钩。

铃兰没遇见过许小兵这种男人，太好看，又太不正经，有一股子说不上来的迷人劲儿。

后来一起吃了两顿饭，许小兵就把铃兰带到了住处。当晚马俊明也在，许小兵带了铃兰回去，二话没说把马俊明赶走了。

就在许小兵蓝白格子的棉布床单上，铃兰朝着许小兵更深处飞快地陷落进去。

许小兵先是拿住了铃兰的心，又拿住了她的身体，一招一式全都打在铃兰欲望的七寸上，当时铃兰想死的心都有了。

后来铃兰知道一个人太兴奋和太绝望的时候，内心的反应是一样的——兴奋得想死，难受得想死。

现在的铃兰，就是难受得想死，就是觉得失去了许小兵生不如死。

独自坐了个把小时，铃兰还是回了出租屋，她还是满脑子只有许小兵，觉得不见许小兵，这个晚上她过不去。

门缝里透出光亮，有人在。

铃兰敲门，手有点儿发颤。

里头传来许小兵松垮垮的声音："谁啊大半夜的。"没等回答他把门拉开了。

6

铃兰差点儿被里头冲出来的烟味儿呛趴下，一屋子烟雾让她连人都看不清楚了。

许小兵站在烟雾里看清了铃兰，眉头一皱：“你还来干吗？我说过咱俩两清了。”

许小兵晃晃包了纱布的手指头：“你再使点儿劲我就残废了。”

铃兰心一抽，咬许小兵手指头的时候，她比他疼了一万倍。

“给我看看。”铃兰去握许小兵的手，“还疼吗？”

许小兵迅速把手抽回去：“岳铃兰，这样有意思吗？你知道了也看到了我就是这么一个人渣，我不止你一个女人，我谁都不想娶，我娶了谁都不会好好过日子，我早就跟你说过的，咱们说好的，不当真。”

“说好的？”铃兰睁大眼睛瞅着许小兵。

许小兵点头：“你没必要弄得跟被咋着的小媳妇儿似的，我不好这口。”

许小兵连骗一骗铃兰都懒得，他真是冷到骨头里。

绝望再一次席卷过来，铃兰感觉到牙齿都在打战，她强忍着情绪，冷笑一声：“我不是来找你的，我找马俊明。”

铃兰朝里头喊：“马俊明，我没吃晚饭，我饿了，你陪我去吃饭吧。”

许小兵一愣，回头瞅一眼马俊明。

马俊明在烟雾里躲着，甩出来一句：“我睡了。”

“睡个屁啊。”铃兰说，“呛死人了，你睡得着吗？”

一猫腰，铃兰擦着许小兵钻进了烟雾里，径直走到马俊明床边，看清楚马俊明半躺在许小兵的床上，鞋都没脱，手里还夹着半支烟。

铃兰劈手把马俊明手里的烟夺下来朝地上一扔，拉住马俊明的胳膊：“跟我走。”

马俊明坐了起来，说：“你松手，我不去。”

许小兵在门口说：“岳铃兰，咱俩的事儿别牵扯旁人行吗？”

铃兰没回声，在许小兵走回屋之前飞快靠近马俊明颤抖着声音低低央求：“求你马俊明，求你带我走。”

铃兰整个人都在发颤，她被绝望深深地包裹着，自尊心已碎成渣，明显不抓住点儿什么就会崩溃。

马俊明终究感觉到了铃兰的颤抖，在许小兵站在俩人跟前时应道：“好，我陪你。”

许小兵喊了马俊明一声：“不关你事。”

马俊明瞅一眼许小兵：“岳铃兰跟你没关系了，是我要带她去吃饭，跟你也无关。”

马俊明说着伸手一带铃兰：“咱们走。”

铃兰早已摇摇欲坠，只能整个人靠在马俊明身上，挂着他朝外走，像扒着一棵救命稻草。

他们走到门口时，听见许小兵在后头说：“那好，岳铃兰，以后你怎样，都再和我无关。”又说，“马俊明你自己带钥匙，我要睡了。”

背对许小兵，铃兰的眼泪再一次簌簌而落，她知道许小兵那里，她没路走了。

真让人绝望啊。

7

他们无处可去，太晚了，街边没有打烊的只有药店了。

马俊明说："要不我送你回去吧？"

铃兰没抬头："谢谢你。"

马俊明苦笑："有啥好谢的，同病相怜罢了。"

铃兰擦干眼泪，眼神空洞地问："咱们是不是都够傻？都不值得。"

马俊明说："你值不值得我不知道，但是我值得。"顿了顿，又说，"于欢跟许小兵，不是一回事。"

铃兰这才抬头看了夜色里的马俊明一眼："能跟我说说吗？"

马俊明摇头："不想说。"

铃兰说："说说吧，求你。我心里头太空了，空得能要命。"

铃兰在马路牙子上坐了下来。马俊明叹口气，只好跟着铃兰坐下，把外套脱下来披到铃兰身上。

马俊明就跟铃兰说了。

于欢跟马俊明青梅竹马，好了好几年，啥都干过了，但后来于欢家里出了事，为赔别人钱房子都卖了，还到处借债。

为了爹妈，于欢半年前嫁了一个离婚的大款。

马俊明说是他没本事帮于欢，他说于欢从来没骗他，从头到尾，都明明白白地告诉了他……

马俊明断断续续地说，也断断续续地听铃兰说，说到天快亮时，铃兰靠在马俊明肩上睡着了。

睡了一小会儿，铃兰醒来时天光已亮，看着自己熟悉的小城，一下子觉得一辈子都过去了，然后铃兰抬头看着晨光里神情疲惫的马俊明说：“咱俩好吧？”

马俊明一愣：“岳铃兰，你没必要这么报复许小兵，毫无意义。”

铃兰摇头：“不是的。我们注定了都无法跟喜欢的人在一起，既然如此，还不如我俩好，至少不用做戏，不用问对方你爱我吗，你的心在哪里。”铃兰顿一下，“至少我们会因为懂得对方的痛处而相互怜惜。”

马俊明低头不吭声。

“马俊明，我是认真的。”铃兰说，“我看过一句话，‘人生如此艰难，与其各自孤单飘零，不如一起相拥沉沦’。”

铃兰说得格外平静。

良久，马俊明发出一声长长的叹息。

8

两个月后，铃兰跟马俊明结了婚。

马俊明爹妈交了首付给两人按揭了套小房子，铃兰家陪嫁了一辆普通轿车，都是寻常人家的寻常日子。

许小兵和于欢都没有参加婚礼，但都送了红包来。于欢的红包很厚，许小兵的也不薄。

铃兰和马俊明各自收了属于自己的那个。

日子平淡如水，谁都没再提起许小兵和于欢，两人开头亲热的时候都会走神，后来慢慢就好了。

马俊明没有许小兵那些招数，在他这里，铃兰平静地承接着，也没什么不好。

半年后铃兰怀孕了，人胖了一些，脸上也多出一层烟火气。铃兰一怀孕马俊明就把烟戒了，他本来也不抽，因为于欢才染上的。

铃兰怀孕到七个月的时候，许小兵住进了医院，因为一种无法治愈的家族病。老早以前他就查出了症状，当时的诊断结果是许小兵发病年龄不会超过三十岁，从发病到死亡，不会超过半年。

而这一年，许小兵28岁。

马俊明跟铃兰说："去医院看看吧。"

铃兰拒绝了。

真相一目了然，许小兵真的够荒唐，也够冷酷，不过是为抵挡生命预定的死亡无助地抗争而已。

许小兵心里头一直要的，从来就不是铃兰或者哪一个女人的真情意。他来人世这一遭，已够委屈。

铃兰不要在他生命的最后，附加上她的深情关爱，转换成他的沉重负疚。她真的爱许小兵，从来没因为他是个浑蛋而把心里的爱剔除出去半分，所以她不会去和他再见。

让许小兵按照他的设定走得轻松又无情，是铃兰给许小兵最后的爱了。

好在马俊明懂得，他们一直懂得对方。

9

马俊明替铃兰送了许小兵最后一程。

许小兵离开时，铃兰跟马俊明的女儿半岁了。

铃兰给孩子取名小欢。

她不需要遗忘什么，马俊明也不需要，他们可以自由地记得心里爱过的那个人。

记得和纪念。

因为都值得。

是爱就值得。

铃兰也想对马俊明说，相拥沉沦从来不是听天由命的放弃，而是一种清醒的责任，作为夫妻的责任。

他们的确没有能够跟最爱的人在一起，但他们也是幸运的那一对，没有刻骨的爱，早把对方当作了亲人。

这也是一种圆满人生。

第三章

婚姻外头哪有乐子

Three

婚姻外头哪有乐子

1

匡义海一进屋，就看见高凤正在客厅抹眼泪、擤鼻涕，卫生纸团扔了一地。

匡义海吓一跳："怎么了这是？"

高凤不说话，把脸撇向一边，从鼻子里发出一声冷哼。

匡义海这才看到卧室里裹着一头纱布的儿子，惊诧不已："怎么了这是？头怎么了？"

匡义海上前就在儿子头上扒拉，这边挠挠，那里抓抓，儿子疼得大叫："爸，你轻点儿！"

儿子才八岁，受不住疼，嘴一咧又哭开了，这一哭起来，跟个大姑娘似的，抽抽搭搭没个完。

高凤这才幽幽地吐出一句："还能怎么了？给人打了呗！"

匡义海一蹦三尺高："谁打的？谁敢打我儿子？看我不扒了他

的皮！”

可接下来高凤的一句话却让匡义海傻了眼：“匡华打的，你去扒他的皮呀！”

匡义海戳在那儿不动了，莫说言语，连喘气都不敢大声，好像被人一棒子捶进了土里，半截身子不受控制。

匡华是谁？匡义海跟前妻刘云的儿子。

他跟刘云离婚的时候匡华才两岁，那会儿高凤刚怀孕。

本来匡义海还藏着掖着，哪知道高凤自己去找刘云摊牌。刘云二话不说就跟匡义海离婚了，连解释的机会都没给他。

匡义海被动离婚之后又被动地结了婚，像个球一样从一个女人手里滚到了另一个女人手里。

等高凤这孩子生下来，比刘云的孩子小了三岁。按说俩孩子相差三岁，不可能在同一个年级，然而刘云那孩子先天不足，发育迟滞，说白了就是有点儿智障，上学比一般孩子晚了，就跟高凤的儿子分在了一个班。

匡华这孩子脑子不精明，但因为年龄大，个头大，打起架来很占便宜。

不知是俩孩子都姓匡，有点儿对着干的意思，还是有好事的家长曾拿他俩打趣透露了什么，俩孩子从三年级开始就频频交恶。两人起初是小打小闹，后来愈演愈烈，一言不合就推推搡搡，这次直接把人给打进医院了。

据说匡华捡了块砖头跟在匡明后头追，等大人赶到，匡明的头已经被砸破了，血流如注，送去医院缝了十几针。医生说万幸没砸到眼睛，不过眼角怕是要留疤了。

高凤一字一顿："怎么了？哑巴了？不是要去把人家的皮给扒了吗？你倒是去啊！"

匡义海脸红到了脖子根儿，磕巴道："这、这怎么会是匡华啊！这小子，好好的犯什么浑？你别急，我找他妈去，问他妈怎么教孩子的。"

"我呸！"高凤啐道，"她儿子伤了我儿子，你再趁着这个机会去跟她套近乎是吧？"

匡义海急得跺脚："你想哪儿去了？咱儿子伤成这样，我哪儿还有心思想这些事儿？亏你想得出来！"

不等高凤接茬儿，匡义海夺门而出。

2

高凤因为儿子被打在家抹眼泪，刘云则因为儿子打了人而犯愁。

匡义海进屋的时候，刘云刚抽完了一支烟，屋子里一股子烟味儿。匡华像只刺猬蜷缩在角落里，一脸犯了错的狼狈与惭愧，见了匡义海，偷瞄了一眼，迅速把头垂下去。

匡义海见了刘云，声儿不自觉地小下去："少抽点儿烟嘛！你以前不是在走廊抽吗，这怎么在屋里抽上了？二手烟对孩子不好。"

"对他好干吗？老娘巴不得熏死他！"刘云把烟头往地上重重一摔，怒气冲天，"我要这不争气的东西干吗？不好好读书，净给我惹事儿！知道的只当小孩子不懂事儿，不知道的还以为我这个当妈的唆使他作恶！看我不打死他！”

她说着便顺手抄起一个文件夹子向儿子扑过去，被匡义海拦下了。

孩子吓得双手抱头，眼里不断涌出泪来，他的手太脏，一双眼睛给糊成了熊猫眼，乌漆墨黑。

“你打他干吗？有话好好说嘛！他这会儿已经知道错了，你看他，已经够可怜了。”匡义海劝道。

是的，可怜，匡义海可怜这孩子，但他从不敢跟任何人说，因为他没有脸说。

他跟刘云离婚的时候，匡华才多大？他这个做爹的都没怎么尽过心，孩子全是刘云跟孩子奶奶带的。

刘云跑销售，忙起来饭都吃不上，倒是他，得了空子就跟高凤乱搞，还搞大了高凤的肚子。

高凤要断了匡义海对刘云母子的愧疚，没少泼刘云脏水。她说刘云业绩好还不是出卖色相换来的？刘云要不是外头有人，能二话不说就离婚？哪个女人摊上这种事儿不一哭二闹三上吊？

高凤说上了瘾，还嚼舌起匡华的身世来：“都是你儿子，怎么咱们匡明聪明机灵，匡华却是个傻子？你们老匡家个个精得跟猴似的，怎么会生个弱智？没准匡华不是你的种……”

匡义海给高凤这么一说，还真惊了心，悄悄带匡华去做了亲子鉴定，结果证明匡华是他如假包换的亲生儿子。

不仅如此，这么些年过去了，刘云非但没有再婚，连个稍微热乎点儿的男人都没有。别人给她说对象她也不要，说怕人亏待匡华。

为了能有更多时间陪孩子，她连工作也换了。

打那以后，匡义海就对刘云母子充满了难以言喻的愧疚。

再加上这些年匡义海被高凤死死掐着，没给过刘云一分钱抚养费。刘云知道他窝囊，也没张口问他要过一个子儿，全靠自己微薄的工资撑着。

匡义海就更是愧上加愧了。

3

匡义海第二天去跟学校表示，希望将此事平息，说他已经跟匡华他妈沟通过了，希望学校别再责罚孩子。

匡义海刚出校门没多远，高凤就风风火火地赶来了："是刘云让你来说情的？她儿子打伤了我儿子，就这么不了了之？不行，我非让学校把这小王八蛋给开除了！"

于是，两个人在校门口就僵持上了。

匡义海起先是好言相劝，然后低三下四地求，可高凤还是左一句小王八蛋、右一句小王八蛋，匡义海气极，猛扇了高凤一个大耳刮子，高凤一个趔趄，栽了。

"你嘴巴放干净点儿，别小王八蛋小王八蛋的！他是王八蛋，我是什么！他可是我儿子！"

"我呸！"高凤重新扑将上来，口水喷了匡义海一脸，"他是你儿子？匡明是什么？那个智障东西你稀罕个啥？匡明才是你儿子！"

围观者越来越多，匡义海看不下去了，拽着高凤就走。两个人一路扭打，很是激烈，引得旁人侧目。

一进门，匡义海手一松，高凤就跌坐在地，号啕大哭。

这还是匡义海第一次对高凤发飙，在高凤看来，他简直反了天了。这些年高凤把匡义海钳制得死死的，就怕他外头有个什么，可是千防万防，防不到俩孩子在一个学校一个班级。

高凤哭完了骂，骂完了哭，反复一句她儿子不能白遭这个罪。

匡义海冷着脸道："你别挑事儿！打你儿子的是我儿子，你有气冲我来，别去找刘云。"匡义海头一回说出这么硬气的话。

他跟高凤处得越久，对刘云母子的歉疚便越深。这次匡华打了匡明，他看到刘云母子那愁苦无助的样子，真真是戳到心窝子了。

一个女人，七八年没有男人，既要赚钱又要抚育智力低下的儿子，个中艰辛她不说他也想象得出！

高凤一下跳到匡义海跟前："什么叫打我儿子的是你儿子？你的意思匡华是你儿子，匡明就不是？"

高凤又扑将上来，匡义海躲闪不过，只得抡拳，两个人又噼里啪啦地打起来，一旁的匡明急得大哭。

4

这一架后，夫妻关系发生了质变。

以前高凤自信能把匡义海驾驭得游刃有余，只要她还活着，绝不许他跟那边有任何接触。如今撕破了脸皮，匡义海完全不买她的账了，他隔三岔五就去看刘云母子，就像下馆子一样稀松平常。

高凤阻止，匡义海振振有词："你不是说刘云不配为人母，连个孩子都教不好，将来匡华长大了要危害社会吗？她不会教，这责任可不就落到了我头上？他打了匡明，你骂他王八蛋，我成了王八，将来他犯了事儿，我岂不是千夫所指？"

高凤说不过匡义海，只好撒泼耍赖，哭天喊地，家里天天乌烟瘴气、鸡飞狗跳。

就在家里一团糟时，匡义海得到一个让他震惊的消息：匡华被学校开除了。

原来，匡明是班里的优等生，匡华呢，学校本就不愿收他，让刘云带他去特殊学校，后来拗不过刘云百般恳求才勉强收下的。如今匡华打了人，影响恶劣，高凤又不松口，学校经过多方考虑，最终还是找刘云谈话，把匡华劝退了。

知情后的匡义海，第一时间赶到了刘云那里，看到的是双眼红肿的刘云。

刘云这辈子没怎么哭过，除了儿子被确诊为智力低下的那一次，就是这回了。

匡义海问刘云："要不要把匡华送去特殊学校？"

刘云说："决不。"

刘云倔强得像头驴子："我自己的孩子我知道，他不是弱智！他不过就是比别的孩子反应慢了点儿，学习困难了点儿，说话磕巴了点儿，怎么就弱智了？他不会表达自己，不代表他什么都不知道。"

匡义海还想说什么，却被刘云打断了，刘云说："你走吧，学校不收他，我自己教他。我的儿子不是弱智，我也不会送他去弱智学校。”

匡义海知道刘云的犟脾气，一旦决定了九头牛都拉不回来，正如当初高凤找她摊牌，她二话不说就提出离婚，谁都劝不住。

匡义海走了，脚步沉重得像是承载了千钧巨石。

5

匡义海要离婚。

高凤惊得眼珠子都快瞪出来了：“你有病吧？就因为我不同意原谅匡华，结果他被学校开除了，你就要跟我离婚？”

甭管高凤怎么上蹿下跳，歇斯底里，匡义海都一个态度，离婚！

高凤眼泪鼻涕一大把：“是匡华打伤了我儿子，我为我儿子讨公道，有什么错？”

匡义海自己也不知道他哪儿来的勇气提离婚，甚至不知道他是真想离婚，还是只是吓唬吓唬高凤，但他就是想把这话放出来，不然他觉得自己像个充了太多气的气球，会爆炸。

高凤蒙了！

高凤跟刘云不同，刘云可以没有男人，她守着儿子就是整个世界。高凤不行，她这么些年苦心经营，疑神疑鬼，不就怕他被别的女人拐跑了吗？

这些年高凤没少埋汰匡义海，但充其量也就是过过嘴瘾，满足一下她作为一个女人在管教男人方面的虚荣心。真到了男人要狠的时候，她便一下子感觉天塌下来了，戳心窝子般地疼。

高凤亲身演绎了女人在面临婚变时最常见的一哭二闹三上吊。

匡明哭着问他妈，是不是学校不开除匡华，他爸就不离婚了。

高凤哭得上气不接下气："你还当他是你爸呢！人家的心早就不在这个家里了，他为了匡华，不要我们娘儿俩了！"

学校同意让匡华复学，因为匡明主动跟学校坦白，是他故意激怒匡华让匡华打自己的，目的是把匡华撵走。

匡明还坦白了更多。

他妈不满匡华跟他一个班，说这样他爸总能见着匡华，心里就惦记着匡华母子，这样他爸早晚会被匡华母子抢走，所以他妈让他平时故意找匡华麻烦，多撺掇几个关系好的同学一起欺负匡华。

他是班里的优等生，匡华就是个拖后腿的，出了事儿大家一起反咬，学校肯定是会相信他们的，事儿多了，学校早晚就把匡华给开除了。

这次匡明就是受了他妈教唆，在匡华面前骂匡华妈，说匡华妈不要脸，离了婚还勾引前夫，匡华这才怒火中烧，拿了砖头跟在匡明后头追的。

而高凤为什么会使出这么下三烂的招数？因为有熟人告诉她，说看见匡义海给匡华买早餐了，还带着匡华去学校旁边的书店买习题册。

高凤听了气个半死，她以为她把钱袋抓得死死的，匡义海就没法儿贴补刘云他们，想不到他省出自己的烟钱来也要给匡华买东西。

想当初匡义海给刘云送抚养费被她抢下来，刘云不是硬气得很吗？说她有能力养活儿子，不需要他匡义海一个子儿。现在呢，这早餐和习题册就不是钱了？

高凤越想越气，直接拿孩子当枪使，叫匡明去匡华跟前骂他妈。匡华护妈，牛脾气上来了准得打架，儿子虽然打不过他，但受点儿皮肉之苦能把匡华撵走也是值得的。但她万万没想到匡华这么狠，竟然拿砖头砸破了她儿子的头！

6

匡明坦白真相后，学校又询问了其他几个学生，果真如此。

班主任上门的时候匡义海也在，知道实情的刘云眼泪一下子涌出来，她问匡华："你怎么什么都不告诉妈妈？"

匡华说："我不想让妈妈难过，我知道我妈妈不是这样的人。"

刘云一把将儿子搂进怀里，哽咽地说："我就知道，我儿子聪明着呢，我儿子是世界上最好的儿子。"

匡明哭着求匡义海："学校已经同意让匡华去上学了，能不能别离婚？"

匡义海抱着匡明泣不成声："爸也不想离婚啊，可你妈、你妈她太不是个东西了……"

高凤这回再也说不出一句话了，她像个被揭了面具的鬼，无所遁形，不仅匡义海看透了她的龌龊，连儿子都有些瞧不起她了。

高凤第一次哭得这么无声无息。

婚，到底没离成。

匡义海实在架不住儿子求，他已经对不起匡华了，实在不想再对不起匡明。他俩离婚以后匡明给谁管？他自己没这个自信能带好孩子，丢给高凤就更不可能了。高凤小肚鸡肠，一肚子坏水，孩子丢给这样的妈，到头来能教出个什么好？

听到匡义海跟儿子说不离婚了，高凤心里绷得快要断掉的那根弦，总算松了下来。

然而这已经生了恶疮的婚姻，又能维持多久呢？

匡义海总算知道他当初在婚姻外头寻的那点儿乐子究竟算个什么玩意儿了，就像偷狗的贼扔给狗的毒包子，吃着挺香，下一秒就可能毙命。他自己经不住诱惑要去啃那一口毒包子，茶毒了自己，又祸害了他人，还有什么资格怨天尤人？

不论结果如何，且受着吧！

私生子

1

周承海领着个还流着鼻涕的孩子进门时，李晶正在煎鱼，这一分神，给油锅里溅出来的热油烫着了，火辣地疼。

李晶问周承海：“这是谁家的孩子啊？”

周承海温柔地哄着孩子：“叫阿姨，快！”

孩子怯生生地叫了李晶一声阿姨。

直到菜上了桌，周承海才把李晶拽进了房间，一脸羞愧地问李晶还记不记得钟芳。

李晶瞬间黑了脸。

周承海脸红到了脖子根儿：“当初我跟钟芳分开的时候，她不是怀孕了嘛。我没钱，还是问你要了钱给她堕胎的。我以为她去堕了胎了，哪知道……”

李晶的脑子嗡嗡响，头皮一阵发麻，但李晶克制了，压低了声音说："所以呢，这是你跟钟芳的儿子喽？"

周承海的声儿更低了："我也是这两天刚知道的。钟芳得病去世了，让朋友把这孩子交给了我。那个，李晶，我知道这事儿太突然了，我也……"

周承海是真怕李晶要发狂，所以把孩子关在了女儿的房间，让他玩玩具，还给他开了游戏机，把声音调到了最大。

"去世了？"李晶并没有暴跳如雷，而是彻底傻掉了，愣怔了好一会儿，她才叹道，"想不到她这么短命，那这孩子……唉，先吃饭吧！一会儿该凉了。"

周承海如蒙大赦，赶紧哎了一声。

李晶比他想象的要从容淡定得多。一路上他还想着怎么跟李晶谢罪，才不至于使局面太糟。他甚至打算关键时刻给李晶下跪，求她冷静，再扇自己两耳光，来一出苦肉计，让她消气。

结果，全都用不着。

她非但不恼，还对死去的钟芳表示惋惜，对他和钟芳的儿子表示同情。

2

李晶叫孩子上桌吃饭，给孩子夹菜，问这问那，孩子有一句没一句地答着。

李晶说："真是世事无常。不瞒你说，当初抓到你跟钟芳的时候，我那个气呀，真的咒过她死。刚刚你跟我说这孩子是她的，我差点儿就没忍住。可你一说她死了，我这心里……”

周承海一脸惭愧。

当初他跟钟芳偷情，被李晶当场捉住，周承海求了李晶很久，李晶才原谅了他。哪知道隔了几个月钟芳找上门来，说怀了孕，没钱堕胎。周承海那会儿工资都交给李晶了，只得骗李晶说老家叔叔病了，要寄钱回去。李晶当即给他叔打了电话，根本没有的事儿，周承海那个羞呀，恨不能把脑袋塞裤裆里去。

李晶问周承海：“你这骗来骗去的，累不累？”

周承海又是下跪又是自扇耳光的，李晶消了气，到底还是把钱给了周承海。

时隔六年，这个当初李晶亲自掏腰包要打掉的孩子，竟活生生地站在她跟前。他吃着李晶煎的鱼，喝着李晶做的汤，看着周承海跟李晶为他那短命的妈掉眼泪。

孩子在周承海家歇下了，跟周承海一张床，李晶跟女儿睡。

李晶跟周承海说：“我同情这孩子，但家里局促，能力也有限，养不了这孩子，得把他送给钟家人。”

可周承海一句话就把李晶给噎住了：“钟家没人。钟芳从小跟她妈生活，没有亲戚，她妈前些年去世了。”

李晶一个字儿也说不出。

周承海不敢看李晶，作为一个女人，李晶能做到这个份儿上已经很难得了。换作别人，张牙舞爪，摔锅掼瓢，当即就把人给轰出去了，她到底收留了这孩子一阵，吃穿洗漱面面俱到。

周承海理解李晶，如果打一开始孩子就是跟着他的，情况或许会好一些。可这冷不丁冒出个孩子让她养，哪个女人受得了？将心比心，要是李晶哪天也弄个她跟别人的孩子来给他养，他也是万万不能接受的。

可周承海别无他法。

当初钟芳离世后，孩子在钟芳的闺密家里住了一个礼拜，闺密受不了了，找到了周承海的单位。周承海吓死了，把孩子送去亲戚家里住了半个月，其间悄悄带孩子做了亲子鉴定，结果证明确实是他的种，这才硬着头皮带回家里的。但凡有一个人能帮忙带孩子，周承海也不会往家里领。

周承海说："李晶，我知道留下孩子对你是天大的伤害，你没这义务，咱也没这条件。可是，这不是摊上了吗？我就是做梦也没想到会有这一出啊！说真的我挺恨钟芳的，要不是她死了，我真想给她俩大嘴巴子，她这不是害我吗？！李晶，事到如今，我也只能求你了，你发发慈悲，让这孩子留下吧！不管怎么说，孩子是无辜的，我不能把他扔出去不管啊！"

周承海哭得地动山摇，向李晶起誓，以后怎样对她好，什么都听她的，她不喜欢他抽烟，他一定戒了，他让孩子听她话，长大以后好好孝敬她。

周承海说了一箩筐的好话，李晶这才松了口："你容我想想。"

周承海激动得一条鼻涕挂下来，头点得跟小鸡啄米似的："哎，哎！"

3

李晶考验了这孩子一阵子，说看看处不处得来，要是处不来，跟这孩子没缘，她也不想勉强，省得大人小孩都不痛快，搞得家里乌烟瘴气。

周承海忙拍胸脯保证绝对不会，孩子贼乖，一准儿听话。

为了讨李晶欢心，周承海对她简直到了俯首帖耳的地步。李晶一进门，周承海递上了拖鞋；她一坐下，孩子就按周承海的指示给李晶端上了水；周承海一边给李晶削苹果，一边谄媚地笑着，问她晚上想吃什么菜，他下厨。

他这样卖力地演着，李晶实在看不下去了。

“承海，你别挖空心思讨好我了，我不习惯。”

“习惯习惯，必须习惯啊！以后我们小健长大了也要这么照顾你的啊，是吧小健？”

李晶见不得这个，说：“孩子才多大，别拿孩子说事儿。”

李晶没同意孩子留下来，但也没撵孩子走。也正是因为她没表态，周承海父子在家里的每一天都如履薄冰。

父子俩这么一天天挨着、混着，竟然不知不觉地熬了一个月。

周承海鼓起勇气跟李晶说：“要不咱买个双人床吧，让俩孩子睡一个屋？”

李晶听了，没搭腔，周承海也不敢再议。

又是一个月，周承海生日，李晶拿出了家里的几张银行卡和存折，全部摔在周承海跟前。

周承海吓了一跳，这是要离婚？然而李晶接下来的话却让周承海瞠目结舌。

"承海，我想清楚了，我喜欢这孩子。咱们房子小，我不想让俩孩子挤一个屋，再说也挤不下。我既然决定留下孩子，就得一碗水端平，一视同仁，不想让其中一个睡沙发。我想好了，家里所有的存款加起来够一套三居室的首付，咱把这房子卖了，买个三居室，俩孩子一人一个房间，谁也不委屈。"

周承海先是发愣，但没撑过五秒，眼泪就唰的一下淌下来了。他是真哭，和上次求李晶留下孩子的哭有着本质的区别。那次他虽然也动了情，但是带着目的的，不像这次，是没有准备的情绪失控。

周承海刹不住车，哭得稀里哗啦。女儿年纪略小，不懂她爸为何而哭，一脸蒙。儿子听懂了李晶的话，眼里也有些湿润。

周承海哽咽道："李晶，这辈子，我欠你的……"

李晶戳了一下他的脑门儿："瞧你这点儿出息！今天你生日，我没给你准备礼物，就把这个决定当礼物送你，成不成啊？"

"成！成！"周承海又是一阵小鸡啄米，他切了一块儿最大的蛋糕，亲手送到老婆手里。

4

李晶给周承海看的那些钱确实是他们这些年全部的存款，但不是家里所有的钱。李晶还有一笔更多的钱，是钟芳的遗产。

钟芳是周承海的前妻，因为不孕被周承海他妈嫌弃。他妈天天闹，周承海受不了了，跟钟芳离了。

男人是一种很神奇的生物，对一切不属于自己的东西感兴趣。

钟芳从老婆变成了前妻，他反而对她又愧又怜，两个人又背着李晶勾搭上了。

因为钟芳一直没怀过，他俩偷情时压根儿没想过避孕，哪知道钟芳就怀上了！

钟芳心里也因此有了一份期盼，那便是跟周承海复合。当初是因为她不孕他俩才离的，现在她怀了，这个障碍也就不存在了。可她忘了李晶，周承海已经再婚了，不可能因为她怀了就跟李晶离！

男人有男人的贪婪，但男人也有男人的权衡。钟芳固然有让周承海着迷的地方，但李晶也不差，结个婚不容易，周承海没理由把好好的婚姻搅黄了再回头娶她。

周承海让钟芳堕胎，钟芳舍不得，谁知道这次打了以后还能不能再怀上？这就跟彩票中奖似的，谁能保证下次还能中？

钟芳就说她没钱堕胎，于是有了周承海向李晶骗钱这一茬。

婚外的女人一声不响生下孩子无非两个原因：第一舍不得，打算自己养活孩子；第二不甘心，打算留着孩子跟男人扯皮。而钟芳把孩子带到六岁，死了才把孩子托人送来，无疑是因为舍不得。

她是舍不得，但也没人知道是谁及时点醒了她，使她将这份不舍化为勇气，最终留下了这孩子。

那个人，任谁也想不到是李晶。

李晶给了钟芳堕胎的钱之后，隔了几天突然联系她，问她做了没。

钟芳一直在犹豫，以为李晶是来催她的，蛮不好意思："你放心吧！我会去的，不会留着这孩子破坏你们的家庭。"

李晶这人还真是不开口则已，一开口惊人。

李晶说："你想清楚了，你受孕难，说不定这是你做母亲的唯一一次机会。我是周承海的老婆没错，但我没有资格剥夺你做母亲的权利。我妈当初就好不容易才怀上我的，所以我知道你的苦。你要是真舍不得这孩子，你就留着，只要别妨碍我的家庭就行。"

正是李晶这一番话，让钟芳下定决心留下了孩子。

钟芳没想到世上会有李晶这么善良大度的女人，连周承海都让她堕胎，而李晶却告诉她，她有做母亲的权利！

那一刻，钟芳差点儿没忍住在李晶面前哭了。

5

大概这世上也只有钟芳才会相信李晶真的是为她考虑吧！她显然不知道，两性世界里的善良与大度，包藏着多少秘密与权衡。

在这段婚姻里，并不只有周承海一个人开过小差，李晶亦然。周承海跟前妻"偷吃"，李晶也跟旧情人联系上了。

当初李晶的前男友在两个人谈婚论嫁的时候一声不吭地出了国，两年都没回来，李晶一气之下嫁给了离异的周承海。隔年，就在她发现了周承海跟钟芳偷情的蛛丝马迹时，她那个自私的前男友突然回了国，跟她各种表白、忏悔，说他在国外怎样艰难，怎样想她，承诺只要她离婚就娶她。

李晶也就是从那时候起变得不安分起来。

所以这世上根本没有面对自己的伴侣偷情还能大度的人。如果有，无外乎两点：不是对方不拿你当回事儿，就是他和你根本就是半斤八两，谁也不比谁更高尚。

而李晶，毫无疑问两样都占了。

所以周承海向李晶骗钱给钟芳堕胎时，李晶只是气，并没有多少恨。她给了钟芳钱以后，等着她情人处理完国外的事后回来娶她，她忽然觉得，如果她真要跟周承海离，又何必逼钟芳堕胎？周承海跟钟芳之间本来就没有过不去的坎儿，无非就是个孩子，现在孩子有了，完全是可以复合的呀！

李晶不想做损人不利己的事儿，既然她不打算陪周承海走下去，那么也没必要断了人家的后路。周承海多了钟芳这一个选择，到时候他俩离婚也便利些。若孩子打了，他两头沾不着，也太惨了，没准儿这婚还真就离不成了。

基于种种考虑，李晶示意钟芳留下孩子。

然而世间最难捉摸的是人心。

大半年过去了，李晶的前男友也没给她一个准信儿，就连中间回了趟国也瞒着她。她气了个半死，找上男人，才知道这浑球马上就要结婚了，之前是因为未婚妻跟他闹分手，他闷得很，才撩她的。

李晶把男人往死里打了一顿才罢休！

6

不过，李晶并不知道钟芳把孩子给生下来了。李晶决定回归家庭后，算了一下时间，如果钟芳真留下了孩子，孩子就该生下来了，那钟芳也早该找上门了。可钟芳压根儿没找过他们，可见孩子应该是没留。又因为李晶后来换过一次手机，没了钟芳的号码，也就再没想过这事儿了。

后面的几年她跟周承海过得挺好。周承海因为当年出轨钟芳这事儿，一直对李晶心存愧疚，没再出什么幺蛾子；李晶对周承海也不错，毕竟她也曾对不起他。

钟芳是在死前托闺密来找李晶的。

李晶见到钟芳的时候，她已经病入膏肓了，眼眶凹陷，骨瘦如柴。她的闺密说，她已经放弃治疗了。

钟芳说："李晶，要不是没办法，我是决不会打扰你的。我本来想找周承海，可是思来想去，还是先跟你说比较好。周承海根本不知道我把孩子生下来了，可是你知道。你是我孩子的恩人！没有你，就没有我这孩子。"

钟芳这么一说，李晶立刻明白了。

钟芳讲话很困难，反复做着吞咽的动作："对不起啊李晶，说好不妨碍你的家庭，到头来还是妨碍到了你。我但凡有一个亲人，也不会求到你头上……我卖了房子，80万，本想拿来治病，可医生说治愈的可能性不大，我也就不想糟蹋钱了。李晶，你是个好人，我孩子的命是你给的，我只能死皮赖脸地求你了。李晶，你好人做到底，收留我儿子吧！"

钟芳的眼泪顺着眼角淌下来，而李晶的心，则像被一只大锤敲碎了，难受极了。

这是一个怎样柔弱而又硬气的女人啊！

整整六年，钟芳一次也没找过她跟周承海。直到快死了，才硬着头皮找上她这个所谓的“恩人”。孩子是周承海的，即便钟芳不求李晶，在法律上周承海也有养育的义务，可她还是求上了李晶。

看似多此一举，实则是一个母亲对孩子的良苦用心。

她要放低姿态求这个女人，把李晶摆在比周承海还重要的位置，给足李晶面子，让李晶在未来可以对孩子好点儿。毕竟她这一去，孩子的命运就掌握在这个女人的手里了。她其实也是赌，赌李晶是一个好人，赌她不会昧下这笔钱。

一个连情敌的孩子都不忍杀害的人，又能坏到哪里去呢？

7

李晶没有直接把孩子领回去，而是让钟芳的闺密绕着圈子把孩子送回来，李晶有她自己的想法。

她不能让周承海知道，当初是她让钟芳留下孩子的。如果说她是可怜钟芳才没让她堕胎，那他会怎么看她？他会觉得枕边人不可信任！她居然可以瞒他六年，整整六年！而事实上她自己也不知道钟芳真把孩子给生下来了。

他势必会觉得，既然李晶如此善良，那么往后又有什么是她不能体谅的呢？

她不能让他觉得她给他养孩子是理所应当的，不能让他觉得他犯下任何错都可以无条件被原谅，不能让他觉得什么事情都是可以随随便便的。

她要让他自己为这孩子争取在这个家里的一席之地；她要让他这个缺席了六年的爸爸真正地为孩子做点儿什么；她要让他通过自己的努力来获得她的允许；她要让他因为她看似伟大的做法而对她充满感激且死心塌地；她要让这个家从此固若金汤、坚不可摧！

幸福，从来都不是随随便便得来的。

钟芳的遗产她会一分不少地用在钟芳的儿子身上，她换房子，用的是自己的积蓄，没动钟芳一分钱。

有句话钟芳没说错，这孩子确实是因为她而得见天日，她跟这孩子有缘。

李晶藏着多少让人瞠目的秘密啊！说她深不可测，一点儿不假。

她糊涂过、傻过、狠过、筹谋过、算计过，但到底，她是一个有良心、懂得感恩与偿还的人。

过去的事儿她不想再提，往后，她会用自己全部的心力与爱，好好守护这个家，包括钟芳留下的孩子！

明天会更好，她相信。

二手婚姻

1

那天李佳被台里安排临时去顶一下某档节目的调解员。

那档节目主要内容就是调解家庭里的鸡零狗碎，夫妻反目、婆媳不和、姑嫂掐架之类的。

俩调解员都是外聘的，凑巧那天两人都有事儿，领导就推了李佳过去。

李佳做的是市法制频道撰稿，没干过调解的工作，开头不太想去。

领导说能写就能说，都是一个意思，再者这一次是一个女的因为老公酒后家暴求助节目组，要求调解，刚好李佳可以利用一下她的法律专业。

李佳只好去了。

见了当事人，李佳有点儿傻眼，当事人竟然是老何的前妻方美华。

老何是李佳现在的老公，两人结婚刚刚半年。

之前李佳跟方美华也就见过两回，一回是老何儿子重感冒在医院输液，李佳去送饭碰上了方美华，还有一回是李佳跟老何逛商场，在服务台换发票时又碰上了，方美华就在那家商场上班。

两次见面两人也没交流，只是互相看了看——心里也没什么矛盾感，李佳跟老何认识的时候，老何跟方美华离婚三年了，方美华也已再婚。

据老何说他跟方美华也没啥大矛盾，两人都没犯原则性错误，就是方美华性子强，两人的生活习惯也始终没磨合好，在一块儿每天磕磕绊绊的真是没意思，就和平分了手。

这种和平从财产分割上能看出来，因为儿子跟着老何，所以房子也留给了老何，存款和车给了方美华。

李佳认识老何的时候，他刚按揭买了新车。

李佳自小有点儿恋父情结，所以对比自己大七八岁的老何是满意的，老何面相温和，性子沉稳。

开头李佳也有点儿不太放心老何跟方美华的离婚根由，偷偷打听过，确实两人没啥大矛盾，就是所谓性格不合。

李佳这才跟老何走到了一块儿。

这种关系程序上没毛病，因而李佳跟方美华也没啥抵触和矛盾，不过是前妻和现任的身份有些尴尬罢了。

2

见了李佳，方美华也挺傻眼，瞅着李佳半天说：“是、是、是……你。”

李佳咳了一下，装作若无其事地小声说：“我替别人的，你有什么事跟我讲也一样。”

李佳不想让同事看出来她跟方美华之间的微妙关系。

但同事也敏感，扛着摄像机问李佳："那个，你们认识啊？"

李佳跟方美华几乎同时脱口而出："不，不认识。"

摄像哦了一声，啪一下打开了镜头盖。

李佳微微松一口气。

可关系掩饰了，方美华却明显不想跟李佳倾诉什么，你来我往了两三个来回，方美华就不吭声了。

李佳再问，方美华叹口气说："算了，事情有点儿麻烦，我就是脑子一热给你们打了电话，这件事我还是自己解决吧。"

方美华很客气地看看李佳，又看看摄像，说："对不起啊，让你们跑一趟。"

摄像倒真有点儿不太乐意了，说："我们跑一趟也不是那么容易的，李佳姐还是临时被拉过来帮您做调解的，您倒好……"

李佳扯扯同事衣角，阻止他继续埋怨——也就在李佳转头扯同事的那一刹那，她看到了方美华左侧衣领位置的皮肤上，有一道深紫色瘀痕，衣领挡了一半，还是有指甲大的一块儿显露出来。

李佳一顿。

方美华敏感地察觉了李佳目光的停顿，下意识地把衣领朝上抻了一下。

随后方美华起身，是要走的意思。

3

回去的路上摄像还在嘀咕方美华没事找事儿。

李佳懒得吭声，方美华脖颈那处瘀痕在她眼前一晃一晃的。

她下班回去，老何已经把饭做好了，跟李佳说路过菜市场，看到有新鲜的海蛎子，买了一兜煮了个李佳最喜欢的海鲜汤。

李佳就把到了嘴边的话咽了回去。她本来打算跟老何说一声方美华的，又在老何父亲般慈爱的笑容里打住了，这是李佳的小私心，这个男人现在是她的，她不想让他去掺和方美华的事，到底没说。

但也不知道为什么，过了两日，李佳也没能把那件事放下，方美华脖颈上的瘀痕会突然地在眼前晃一下，晃得李佳心烦意乱。

最后李佳还是决定再去找方美华问个究竟，便在几天后提早下了会儿班拐去了方美华居住的小区，想了想，在小区门口买了个果篮。

上了楼，李佳站在门口刚要抬手敲门，突然听到咚一声巨响，里头有什么东西砸到了门上。

随即，李佳听到方美华的声音，声音很大，有些沙哑，方美华说："周明盛你个浑蛋！你敢再碰我一根指头我砍死你！"

李佳吓了一跳，赶紧砸门，砸了两下，听到里头一个男人不耐烦地吼道："谁啊？"

李佳没应声，门已经开了。

门内，方美华衣服和头发都已凌乱，明显是刚刚动过手。

看到李佳，方美华吃惊地睁大了眼睛——她压根没想到李佳会再来。

李佳已闪身进了门，果篮往地上一放，抬头看了叫周明盛的男人一眼。

4

周明盛看上去比老何年轻些，应该也比方美华小两岁。他个头不算高，但挺壮实。他理了个板寸，五官还过得去，但阴着脸的时候略带凶相。

周明盛皱着眉头看李佳："你谁啊？"

方美华说："我同事。"说着扯了扯李佳胳膊。

李佳跟着应声道："我是美华姐同事。"

李佳说着瞅一眼周明盛："你这是……跟女人动手了？"

周明盛不耐烦："我们两口子的事儿不用你管。"

李佳说："两口子也在法治社会之内，打人也犯法。"

方美华又扯一下李佳："那个……你找我有事儿啊？"

李佳抬头看方美华一眼："有点事儿，咱们能出去说吗？"

方美华犹豫一下，说："好吧，你等我一下，我去换件衣服。"

李佳点点头。

方美华进卧室换衣服，李佳看着气哼哼的周明盛，不咸不淡地哼一声："打女人算什么本事，我最看不上你这种人。"

周明盛脸一寒："你懂个屁。"脱口说了脏话。

李佳当即不干了："我别的不懂，只知道打女人的男人猪狗不如。"

周明盛也火了："她能背着我跟前夫勾勾搭搭，吃个饭还搂上了，我就不能修理修理她？我不是那么好欺负的。"

李佳一愣神，方美华已经换好衣服从卧室走了出来，瞪了周明盛一眼，扯着李佳出了门。

后头周明盛又骂骂咧咧两句什么，李佳没听清楚。

李佳跟着方美华有些走神了，脑子里过滤着周明盛那句"跟前夫勾勾搭搭"的话。

5

李佳跟着方美华在附近的小公园坐了会儿。

方美华有些尴尬，说：“没想到你会再过来。”试探着问，“是老何……让你来的？”

李佳心头又一晃，摇头道：“不是，我没跟他说。”

方美华哦了一声，李佳没听出来这一声是欣慰还是……遗憾。

李佳瞅着方美华问：“你们到底，为啥啊？”

方美华叹口气：“既然你都看到了，我也不瞒你，我就是眼瞎，找了这么个浑蛋。”

方美华讲得断断续续的，李佳大致听明白了。

方美华离婚不久在网上认识了周明盛，周明盛是美发师，短婚离异，比方美华小一岁，但人很热心也很大方，“比老何活泛得多”，处了一段时间两人就好上了。

结了婚方美华才慢慢发现周明盛金玉其外败絮其中，一点儿不上进，美发店的工作做得三心二意，还爱喝酒打麻将。

周明盛也没啥钱，结婚买房的首付是方美华离婚时的存款支付的，后头的按揭也都是方美华负担。

开头方美华也想试着去改变周明盛，到底这是二婚，刚结了又离，怎么都不太好听。周明盛却实打实的是烂泥扶不上墙，管得厉害了，喝点儿酒就动手。那么壮实的男人，随便划拉几下也够方美华受的。

最后方美华彻底失望，提出了离婚。周明盛却死活不离，后来说离也可以，要方美华赔他三十万精神损失费，否则他会一直缠着方美华不让她好过。

最可恶的是……方美华说，他拿嘉文要挟方美华。

嘉文是方美华和老何的儿子。

“他就是个无赖……”说到最后，方美华恨不能给自己两巴掌，一把年纪了竟然犯了这么个低级错误，太丢人了。

6

李佳没顾上评判方美华，她让一句话挂住了——关于嘉文。

嘉文不到七岁，刚上小学，平时跟着爷爷奶奶，周末老何接回去。孩子性格随老何，不乖戾，很温和，对李佳也挺亲近，阿姨叫得很甜。

这也是李佳愿意在26岁当后妈的原因之一。

听方美华这么一说，李佳的心跟着悬了起来，脱口说："嘉文那里，我让老何上点儿心。"

方美华愣了一下，随即脸微微一红，说："我知道你对嘉文好，是我给你们惹麻烦了。"

李佳没吭声，这事儿还真有点儿麻烦，如果方美华跟周明盛闹到最后牵涉到了孩子，她跟老何的日子也别想过安生。

缓了缓，李佳跟方美华说："你尽量别跟周明盛发生大的冲突，离婚这事儿，我想想办法。"

方美华又一愣："你……你能有什么办法，再说这事儿，这事儿跟你也没关系。"

李佳说："别说那些没用的了，跟嘉文有关系就等于跟我有关系。你听我的，先别激发矛盾，我是学法律的，这方面朋友也多，多少会比你有点儿办法。"

方美华立刻就红了眼圈，一把抓住李佳的手说："谢谢你，李、李……"

李佳说："我叫李佳。"

方美华说："谢谢你李佳，老何他比我有福气。"

李佳没接话，这个时候，她可没心思跟方美华絮叨这些感情上的破事儿。

随后李佳送方美华回去，在小区门口，方美华说："你说的话我记着了，谢谢你李佳，也谢谢……老何。"

李佳说："老何不知道这事儿，我没告诉他。"说完转身走了。

一码归一码，李佳并不打算把老何牵扯进来，也不希望方美华把他扯进来，这句话，她也是给方美华提个醒——周明盛浑蛋不假，李佳却不觉得他那些混账话是空穴来风。

方美华跟周明盛已经到了这一步，她想回头去找老何倾诉或者什么的，很有可能。如果真这样了，老何又只字未提，那就是跟方美华达成了默契。

李佳不喜欢他们之间的这种默契，所以这事儿，她必须管。

7

李佳第二天就去找了开律师事务所的大学同学，同学的事务所现在在业内也小有名气。

李佳开门见山，让同学帮她个忙拆散一段婚姻，并且是要有过硬的证据，不能让男人折腾的那种拆散。

同学咋舌，笑道："都说你李佳性子最好，这是为谁啊？"

李佳白同学一眼："为我老公前妻。"

同学一愣神，随即哈哈大笑起来，说："这就是嫁二手男人的弊端。"

李佳愤愤地："要你管，你只负责把事情办好，我给你送锦旗。"

那边，李佳也雇人查了一下周明盛。

方美华没冤枉他，在女人那里，周明盛是有前科的，不同的是别的女人比方美华有脑子，跟周明盛耍了一圈抽身了。方美华是真正的有脾气没脑子，真刀真枪地跟周明盛扯了证，把自己栽了进去，结果还要李佳来收拾这个烂摊子。

同学没辜负李佳的信任，不到半个月就把真凭实据砸了出来——周明盛这种心术不正的男人哪会没有把柄？这边经济上算计老婆，那边跟别的女人鬼混。

周明盛做得很隐秘，方美华是查不出来的，但对擅长取证的专业律师来说，小菜一碟。

同学还拐了个弯，先把证据给了女人老公，让被绿的男人轰轰烈烈地上演了一场捉奸大戏，狂风暴雨般把周明盛砸成了一摊泥，如此周明盛的把柄想盖都盖不住了。

为了趁热打铁地离婚，李佳让方美华先给了周明盛一颗甜枣——不要他任何作为过错方的赔偿，只要他在离婚协议上签字即可；再给周明盛脖子上架了一把刀——他那些以前找别的女人也弄过钱的破事儿，深究起来说不定够得上敲诈勒索，他最好识相点儿。

周明盛哪还有心思再纠缠方美华，赶忙签了字收拾东西蹿了——他勾搭的女人的老公扬言要卸掉他一条腿。

8

就这么着，方美华总算把婚离了。

李佳到这时候才跟老何大致说了实情。

老何很吃惊，吃惊李佳插手了这件事，并没有吃惊方美华的遭遇，很明显老何事先是知道的。

李佳也没拆穿，跟老何说："方美华还真有点儿没脑子，咱俩还是帮帮她，替她找个正常人过日子吧。"

老何脸一红，说："这事儿，这事儿咱就别管了。"

李佳说："不管哪行？万一她日后再看走了眼，没准还得跟着收拾烂摊子。"

老何嘀咕："关咱啥事儿？"

李佳一笑："怎么说也是嘉文亲妈，就冲嘉文吧。"

老何红着脸看李佳一眼："媳妇儿，方美华这事儿谢谢你。"

李佳说："你替谁谢我啊？你是哪头的？"

老何往李佳身边一靠："当然你这头的。"

李佳说："知道就好。"

那头，方美华也正式请李佳吃了顿饭，表达了对李佳的感谢。

并且方美华说，她还有对不住李佳的，这场狗屎一般的再婚让她想起了老何的好，才知道男人性子如何其实没关系，心地好才最重要，所以偷偷联系过老何几次，希望能看在儿子的分上，破镜重圆。

方美华说："不过老何拒绝了，他说跟你过得挺好。"说到这句，方美华脸泛了红，"我心里当时还挺嫉妒你的。"

李佳一笑："过去的就过去了。"

方美华说："对不起啊，李佳。"

李佳又笑，没吭声。

9

李佳知道方美华说的联系了几次老何是真的，说到伤情处搂搂肩摸摸头的说不定也有，周明盛知道了才会当把柄闹腾。但方美华的真话里多少也掺了水分，比如周明盛是否真的拿了嘉文要挟方美华。

未必，不过是方美华在手足无措时，刚巧李佳撞了进来，方美华从李佳的态度中意识到了她要摆脱周明盛，李佳是最好的帮手。

李佳就算为了自己跟老何的日子安好，也不会坐视不管。所以方美华加重了这件事的后果，把儿子当了一次砝码，就是为了把李佳彻底裹进来。

但其实即便没有嘉文，方美华过得这么鸡飞狗跳，李佳也不会坐视不管。她可以不管方美华过得好坏，但方美华生活的好坏也当真会影响到嘉文，进而影响到老何，最后影响到李佳自己的婚姻——这是一个断不开的连锁反应。

谁让她李佳嫁了个二手男人呢?

李佳也是后来才慢慢明白的，嫁一个二手男人，也等于嫁给了二手生活，他一手婚姻里留下的后遗症，自己得想办法接受和解决——如果方美华过得水深火热，两人中间又有孩子，老何这颗心怎么都不会在她这里落听。

所以李佳的冲锋陷阵不全是为方美华，也是为自己。

人际关系就是这样，盘根错节，相互关联，如果拆别人的台，很多时候只会两败俱伤。

尤其前妻和现任这种关系，能两下撇清、老死不相往来当然最好，但如果实在不能，那就相互成全吧，彼此的路会好走得多。

第四章

比爱情更疼

Four

只想清清白白和你收场

1

起初许柔没怎么留意薛俊。

相貌平平的男人，三十六七岁，不太注重仪表，每次出场都是运动休闲风，头发总在半凌乱状态，身份也不太突出，好像在某机关二级机构负个什么小责，话也不太多。

许柔也没具体探问他是谁的朋友，但近期参加的饭局上碰了几次面。

许柔从报社辞职跟着朋友做工程开始，结识的人渐渐多而杂，五六年下来，许柔手头总还是搭了些握着小权或有点小钱的人脉，需要经常攒个饭局。旁人攒了要她去捧场的饭局，她也尽量不推。

这些年，许柔也算是在男人堆里杀将出来了，喜怒已不太形于色。所以即便对薛俊不留意，礼貌上许柔也过得去，该寒暄寒暄，该敬酒敬酒，顺其自然。

甚至第三次见面的时候，许柔还主动加了薛俊的微信。

许柔遵循的一句话是：江湖留一线，日后好相见。尤其是生意场上。

但也就是第三次的见面，薛俊让许柔刮目相看了一下。

那次饭快吃完的时候，一个年轻的女服务员送了果盘上来。平常果盘也就是个摆设，基本没人动，所以许柔没想到会有人突然对果盘的新鲜度较起真来，挑剔西瓜有点熟过了，哈密瓜熟得不够……总之，就那种找事儿的态度。

找事儿的男人是一个做文化产业的老板带来的跟班，小个头，一副精明的样子。

服务员是个十七八岁的姑娘，年纪小，不太会忍，说："怎么其他客人都不挑就你挑呢？"

结果小个子男人炸了，非要去找酒店老板投诉，给小姑娘噼里啪啦一通训，最后把小姑娘吓傻了，小姑娘站在旁边眼泪珠子骨碌骨碌在眼眶里滚。

许柔有点儿看不下去了，刚要站起来劝劝，结果对面薛俊先开了口。薛俊说："至于不，一个女孩子出来赚点儿钱不容易，果盘不过是她端上来的，你一个大男人，难为她干吗？"

许柔抬眼，默默瞅了薛俊一眼，薛俊相貌真的很平淡，但眼神……许柔一凝神，突然捕捉到他那一股子稍显不羁的清爽气。她嘴角一翘，下意识地流露出一个赞同的表情。

小个子男人有点下不了台，还要说什么，许柔趁机插科打诨，轻轻推了那姑娘胳膊一下，说："你去忙吧，这里没你事儿了。"

服务员赶紧溜了。

小个子男人讨了个没趣，坐下来白了薛俊一眼。薛俊根本没接他的眼神，伸手插起一块西瓜慢慢吃了，然后说："味道还不错。"他抬眼看许柔，"要不要来一块？"

许柔一笑，说："好。"

2

那晚回去后，许柔翻了一下薛俊的朋友圈。

薛俊的朋友圈里很干净，不是没东西，而是他发的东西都透着一股子清气，没有转发的各类文章，没有情绪化的宣泄，没有斗图，而是隔那么几天，在应时的时节转发一些应景的文字或图片。

比如他最近的一条朋友圈，是那首"烟花三月下扬州"的诗，配图是满城飘飞的杨絮。

那一刻许柔心头一动，认定薛俊是个心底别有洞天的男人。

"三月杨花"许柔是知道的，指的正是此时，农历三月时节的飘絮。但许柔知道大多数人理解的是字面意思，知其然而不知其所以然。

比如，薛俊的朋友圈后面便有一条许柔跟薛俊的一个共同好友的评论，原话是："兄弟，这杨絮满天跟烟花三月可是两个景。"

薛俊一点不客气，回了两字："呵呵。"

许柔也忍不住想呵呵一下。

当然许柔没有，但许柔知道了，在连她自己都已经适应并融入其中的俗世里，还有一个人，内心装着许柔心里也装着的那份倔强和清醒，以及追逐生命里那些小清新小美好的一厢情愿。

他们在热闹地入世地活着，但还有一颗偶尔出世的心。

当年，如果不是逼不得已，许柔也不会转行，而且转的弯度那么大。她也算是在书香里长大，又从中文系毕业进了报社……

许柔走了神，回过神来后把薛俊的朋友圈关了。她不知道，凭借那一星半点的默契，凭借那一瞬而过的眼神，凭借他们风格相近的朋友圈……薛俊又是怎么看她的。

毕竟，她披了一件在男人圈里长袖善舞的外衣。而且，那其实也不仅是一件外衣，那已经成为她运用娴熟的武器。

但许柔的确有一个和薛俊相似的朋友圈，而且设置了很少人可看，发的不是别人的诗词，而是她随手写的那些句子和每隔几天一首的歌。

许柔觉得没有什么比诗词和音乐更能完好地诠释一切了，生活、命运、爱、希望或者绝望，根本不用说出来。

同样她不转发各类文章，比如鸡汤，比如时事，甚至她自己经营的生意。

那个朋友圈，是许柔安放自己心灵的隐秘所在，甚至羞于在人前展示，但她还是把薛俊放在了那个朋友圈里。

3

后来许柔又见了薛俊两次，没有比之前更亲近，依旧是淡淡的样子。

但是有天早上，下雨天，薛俊突然分享了一首歌给许柔。薛俊说：“想来你会喜欢。”

许柔怔了怔，那首歌也是她新近下载的，听了几遍，是真的喜欢。薛俊一直不说什么，但随便一出手，便碰到了她的点上。

也算不了什么巧合，许柔知道薛俊看了她的朋友圈，或者从头看到尾也说不定，就像她也在某个晚上翻完了薛俊的朋友圈一样。

后来，他们就这样隔三岔五地分享些东西给对方，但是并不聊天。有时候许柔把薛俊分享的歌发在朋友圈里，薛俊也不点赞也不留言。

许柔觉得她跟薛俊，好像一起开启了年少时的那种感情游戏，知道彼此的存在，然后一言不发地相互注视，没有别的人知道，有点隐秘，有点愉悦，也有点说不清楚的纠结。

但没多久，许柔跟薛俊的关系，还是被摆到了明处。

那段时间，许柔在全力竞争一所高校两栋宿舍楼重建的投标，用了很大劲，但关键部门始终没开绿灯。饭以其他名目吃了几顿，现在礼是不能送的，不论是钱还是物，只能从其他渠道打通。竞争对手跟某领导沾了亲戚关系，所以这事难度很大。

许柔想做成，这个标如果中了，许柔可以在一段时间里松口气，不用再这么东奔西走了。

吃了一圈饭，都没人给出消息确定能助许柔一臂之力。时间迫近，许柔都开始觉得心力耗尽，没什么希望了，结果薛俊竟然不动声色帮着许柔把关系打通了。

薛俊帮关键人物在高校正在评职称急需发稿子的老婆同时在两家最牛气的学术期刊发表了两篇文章。许柔也早就听说，其中一家期刊拿钱都排不上队，要有人，还要稿件质量过硬。

薛俊把这个功劳堆到了许柔头上，凭借这点功劳，许柔攻下了最后一个环节，成功中标。

许柔不是感动了，而是惊呆了。薛俊在事情办妥后才告诉她，许柔觉得薛俊的这把力，出得太大、太重、太深情。

两栋宿舍楼当然不是什么太大的工程，但许柔知道自己的能力不强，野心也不大，不过是想赚取到所需要的数额，让自闭症的儿子得到最好的照顾。

这也是许柔当初一咬牙离开报社副刊，把自己扔进商海去拼搏的唯一原因。

4

许柔的儿子两岁时查出来有自闭症，她的男人受不了这个打击，竟然丢下许柔和儿子走了，走了三年才回来办理了离婚。

许柔没跟男人就抚养费一事纠缠，从男人走的那天，许柔对男人的心就死了。

读中文专业的女子，心里固然装着比旁人更丰富的风花雪月，但恰因为如此，心死的时候也更加彻底。

儿子是许柔的一切，为了他，许柔怎么拼都愿意。

但如此家事，许柔从未拿出来跟任何人晾晒过，在这些年跟各路人马交手的过程中，她宁肯把自己伪装成贪钱的女子，宁肯被鄙薄，也不愿被同情。那是许柔的倔强。

薛俊这个不动声色的忙，帮许柔获取的不是一个项目、一笔钱，而是她跟儿子的人生。

尽管如此，许柔在尘埃落定后，能做的，也依旧是……

打了个电话给薛俊，许柔说："一起吃顿饭吧。"

许柔自然备了厚礼，没有无缘无故的帮忙，何况这件事，薛俊也少不了花销的。

薛俊倒是答应了，选的吃饭的地方，竟然是一家年轻人聚集的串串店。

许柔说："那有啥好吃的？"

薛俊说："那啥好吃？"

许柔答不上来，每天吃吃吃，如薛俊所说，啥都一样，反倒是这些乱七八糟的小玩意儿，薛俊说感觉半辈子没吃了。

许柔没再争，便去了。

环境倒是还不错，但周遭都是小了他们一个辈分的年轻人。两人要了两瓶啤酒，咣当咣当地碰着喝。

吃到一半的时候，许柔把给薛俊准备的装有银行卡的信封放到桌上，说："差点忘了。"

薛俊看了许柔一眼，说："没必要吧？"

许柔说："不是那个意思，这件事你费心费力也就罢了，不能让你再费钱。"

薛俊说："我既然能做，就有我的门路，没费什么钱。再说，你赚钱也不容易。"

不知怎么，许柔鼻翼一酸，但迅速用一个得体的笑拦住了那股酸涩。

许柔说："比起很多人，还好。"

薛俊说："我不是说你赚钱的方式，而是……一个心里霁月光风的女人，每天做不喜欢的事，吃不喜欢的饭，见不喜欢的人，那才是真的委屈。"

一下子，许柔没能拦住内心的触动，在锅底氤氲的热气里，许柔的眼睛迅速潮湿了。

许柔起身去了洗手间。

5

回来后，两人没再提这个话题。

然后薛俊说起多年前上大学时喜欢过一个女生，为了请女孩吃顿饭，自己要挨饿好几天还要装作大义凛然。

许柔便笑，她也曾经是有过那种待遇的女生，而现在她是个为了自己和儿子挣扎于泥泞中的女人。薛俊看到她的霁月光风，但许柔知道，她早就不是了。这些年，许柔在生活里打拼的每一个时段，交手过的每一个男人，但凡有半点儿暧昧的可能，对方就会释放出全部的气息来，要在这个颇有姿色的女人身上赚取点儿风月。

许柔并没有出淤泥而不染，不，她没有。在某些时候，许柔选择了半推半就。一是风月，许柔亦所需。二是对方有那么一点儿可取，比如相貌，比如情商，比如在某一件许柔需要其担当的事情上付出了肩膀。

是的，许柔顺从了俗世里暗夜的不堪，从曾经爱过的男人抽身离去那一刻起，许柔就向人生不堪的那一面屈服了。

却到底也没能彻底屈服，所以这些年，许柔唯一做到的，就是在心里留了那么一块儿空地，种植心灵里那点儿不死的对人生和情感有过的干净的梦想。

许柔在薛俊这里，得到了满分的懂得。

然后吃完饭，薛俊说："我步行送送你吧，走走路。"

许柔说："好。"

于是这对中年男女就在初夏的霓虹闪烁、车水马龙的夜晚，走过了一个个可以停留的酒吧，一家家可以开房的酒店，肩并肩，隔着一两米的距离，心无旁骛地走到了许柔家所在的小区门前。

停留了一下，薛俊说："你进去吧。"

许柔说："好。"

许柔就进去了。

之后，他们也依旧在很多人的饭局中见面，但隔那么一段时间，也会单独一起这么吃顿饭，走走路，走好半天。

熟了以后，许柔也断断续续地在知情人口中听说，薛俊其实是个风流的男人，凭借其看似微不足道实则能量不小的权力，也猎艳无数。就像许柔知道，薛俊耳朵中，也必定没少过关于她的风流韵事。

但是这些，他们在一起的时候都没有提过。他们聊其他，跟那些人与事完全无关的其他。

两个人最亲近的一次，也是饭后，薛俊送许柔到路口时，等红灯，有风吹过，许柔心里不知怎么泛起一丝冲动，突然伸出手臂。

许柔说："薛俊，让我抱抱你。"

6

是真的很突然，薛俊愣了一下。

许柔没管他，自顾自靠近过去抱住了薛俊的腰。

片刻，薛俊才两手举了一下似乎要回应，却还是停留在了半空。许柔能感觉到薛俊身体的僵硬，那是一种在抵抗和接受之间徘徊的僵硬。

然后许柔在薛俊的手落下来之前松开了他，站直了身体。

薛俊长长地呼出一口气，说："你呀。"

许柔低了一下头，抿唇一笑，那是青春年少时分的爱恋感，清爽、羞涩、激动而又克制。

薛俊又说："我们呀。"

然后两个人四目相对了一秒钟，都笑了。

许柔走的时候，让薛俊站在那里看着她先走。许柔说："因为我是女的。"

薛俊就笑起来，说："走吧，我看着你。"

许柔就在薛俊的目光里朝前走去，内心有种说不出的笃定。那是比什么都好的笃定，胜过更深的拥抱、亲吻或者男欢女爱。

男欢女爱，从来就不是男女间最高级的情感方式，衣服脱去太容易，但那番“坦诚相见”之后，他们也不过沦为了世间一对普通的烟火男女，在欲望的交锋里，那份情意也就没有了存在的意义。

许柔知道，如果她再朝前一步，他们也许会那样，说到底薛俊也是个寻常男子。但薛俊的不寻常，也恰是在这种寻常里。他不像别的男人，是直奔着许柔的身体而来。也许起初是，但当他懂了许柔，也发现她懂了他，他在她这里要的，便不再是性。

那是他对她的爱，也是他对自己的爱护。他和许柔存了一样的心思，那就是舍不得用身体跟对方收场。一旦跨出去那一步，他们也许会有琴瑟和谐的欢爱，但注定会走不远。

许柔不舍得，薛俊也不舍得。

许柔在薛俊的目光里朝前而去的时候，想起另外一句话：身体能靠近的人那么多，心意相通的有几个?

真的没有几个，这些年，许柔兜兜转转，也只有薛俊一个而已。

所以她要留着他，留在床笫之外、心灵之中，留在这孤单的人世里，用以取暖。

许柔知道，薛俊也是这么想的。

比爱情更疼

1

中专毕业小半年，戴晨家里才好不容易托人找到关系，让她进了县外贸局。报到后，戴晨被分配到了工艺科。

工艺科做工艺品收购出口，戴晨他们那个县产柳编，出口很多国家，那几年出口业务只有外贸局这种单位才有资质开展，所以生意很好做。

但这种转了圈子托的关系不太给力，单位也知道，所以供销这种实惠的工作轮不到戴晨。她过去之后也就在科室打打杂，给每天跑业务的精英们做好后勤服务。

这跟戴晨学的专业很不搭，中专时戴晨读的是文秘。但戴晨没啥可挑的，她家境平平，学历低，想进好单位成绩够不上，能有份工作就不错了。

戴晨也没想到会在那里碰到黄耀。

去科室报到那天黄耀并不在，后来戴晨知道黄耀那天出差，跟着科长去跑货源了，因而过了两天两人才见面。

见面时，戴晨愣了半天，突然觉得有点冤家路窄。

戴晨跟黄耀是中专同学，不过不同班，也不同专业，黄耀学的是美术。但很巧，当时两个班级门挨门，文化课经常合堂上，所以两人并不陌生，尤其黄耀的身世还有点特殊。

黄耀爸曾经是一名警察，在黄耀七八岁时执行任务牺牲了。作为烈士家属的黄耀妈，被安排进了一个工厂，靠着微薄的工资抚养黄耀姐弟俩。后来黄耀家还陆续得到了一些其他照顾，包括黄耀进外贸局。这是后话。

大抵是家境的缘故，黄耀极内向，平时不爱说话，也不爱跟人交往，每天一个人来来回回。

同学三年，戴晨都没见黄耀笑过，但黄耀很惹女生注意。黄耀长得好，五官精致得要命，头发有点自来卷，浑身散发出一种天生孤傲又忧郁的气质。

当时私下里喜欢黄耀的女孩挺多。戴晨倒是没喜欢他，戴晨更偏向明朗的男生，但她对他也难免有一份额外的怜惜。

只是没想到，后来她跟黄耀结了那么一个怨。

2

那一天下午上课之前，戴晨从家里吃过午饭回学校，刚把脚踏车锁上，一转头，眼前突然一晃，感觉有个东西飞了过来。还没弄清楚状况，她的下巴被一块飞来的石头直直砸中了。

掌心大小的石头，正砸在戴晨下巴左边。戴晨疼得哎哟一声，当即四下看，也不知道石头哪儿来的，只好去了学生科报告了情况。

学生科科长查了半天，后来有个女生主动来报告，说是黄耀走路踢起来的，她刚好在黄耀后头瞅见了。

黄耀不承认，说女生诬蔑，然后从兜里掏出一封情书递给了学生科科长——正是那女生写给他的。黄耀没再说一个字，但意思表达得很清楚，女生是追求他未果才报复他。

学生科科长询问女生，女生嘴一撇，哭着跑了。

这件事最后不了了之。

戴晨下巴被石头棱角弄破了皮，第二天又肿起来老高，休息了三天才去上课。

女生又找到戴晨，发誓她真的看到了，就是黄耀踢的石头，不是她诬蔑。女生说她喜欢黄耀不假，可是也不至于故意栽赃。

戴晨其实相信那个女生的话，因为那天，她也在石头飞来的方向看到了黄耀。

他在离她不远处，两手塞在兜里，低头走着。他一直那么走路，也一直喜欢边走路边踢东西。

但事情已经过去，戴晨也没法再追究，只是在心里给黄耀打了一道坏印记。

戴晨看不上黄耀的敢做不敢当，更看不上他居然出卖那个暗恋他的女生，原来的怜惜都化成了鄙夷。再遇上黄耀时，戴晨满脸都写着看不起。让她生气的是，黄耀更绝，远远就把头昂起，连眼角都不朝她那边扫，没有半点反省和内疚。

原本交集就少的两个人，自此形同陌路，直到毕业。

3

没想到他们成了同事。

戴晨没能掩盖住自己的惊讶，黄耀也是，但也就一下子。谁都没开口说话，反正工艺科好几个房间，不打交道也无妨。

倒是几天后，科长闲着没事突然想起来，跟戴晨说：“小戴，你跟小黄是不是同学？我记得你们好像都是一个中专毕业的。”

戴晨哦了一声，说：“是的。”又说，“不在一个班。”

科长说：“那也亲啊，同学怎么都亲，以后可要加强团结啊。”

戴晨点头应着，不远处的黄耀仿佛没听见，眼皮都没抬。

两人就这么在一个屋檐下彼此陌生着。

好在黄耀跑供销，不在单位的时候多。又刚好是收购季，每周倒有一多半时间在外头。

这样过了两个月，到了淡季，科室接了一个做匾额的活儿，是那种里面有牡丹花和孔雀再加一个钟表的匾额。大红大绿的，俗气得要命，但在当时也算是一种工艺品。

这次的活儿有几百个的量，戴晨是新人，分得少点儿，但也要做二十个。

戴晨完全傻眼了，虽然轮廓图样都是画好设计好的，可用吹塑纸做牡丹花做花叶做孔雀的手工，她一个学文秘的完全外行。

尤其是还要把剪出造型的吹塑纸加热后定型，加热到什么程度，花瓣的弯度多大，孔雀羽毛的弯度又是多少，戴晨想想就头大。

没办法，戴晨支支吾吾找了科长，问能不能换点其他事情。

科长不以为然，说：“这个真没啥难的，一学就会。”

科长说：“你找黄耀啊，让他教你，他手巧，这些图样都是他画的。”

戴晨更傻眼了。

4

戴晨鼓了几次勇气，实在张不开口，都快急哭了。

没想到，黄耀在那天下午快下班的时候，主动找到了戴晨，他直接说：“你把纸按图样剪好放那儿吧，其他事交给我好了。”

这是戴晨上班快三个月后，黄耀跟她说的第一句话，半点儿没绕弯子，直奔主题。

戴晨愣住了，黄耀的示好太突然，并且她若答应，黄耀等于干两个人的活儿，工作量很大，不太合适。

戴晨没好意思应承。

黄耀嘴角微微一翘，说：“就算我补偿当年那件事吧。”

戴晨噌一下抬起头来，他竟然承认了，竟然真的是黄耀干的。但戴晨没把话说破，他认了就行了，而且她现在需要他帮忙，没必要让他过分尴尬。

于是戴晨摆摆手：“没啥，那就辛苦你了啊。”

她心里一下释然了，也不是啥大不了的事，谁还没个糊涂的时候，过去就过去了呗。到底他们是同学，和别人关系还是不一样。

黄耀连着加了几个晚上的班，把活儿弄完了。

他的手真的很巧，匾额很俗气，但每一个细节黄耀都做得极精致。

交工后，戴晨买了一条烟，在一天下班时塞给黄耀——黄耀抽烟，戴晨老早就发现了。

那是 20 世纪末，烟还不太贵，但戴晨工资也不高，买烟的钱要花掉月工资的三分之一左右，可戴晨没心疼。

黄耀也没推拒，说："谢了啊。"

5

后来黄耀又帮了戴晨几次类似的忙，戴晨也会隔段时间给黄耀买条烟，但黄耀还是话不多，也不太爱笑，跟读书时一样。

两人也没有太多往来，可关系还是不动声色地微妙起来，科室里渐渐有八卦说戴晨跟黄耀好了。

戴晨听到过两回，也不解释，心里笑笑，她跟黄耀真的没有什么，她喜欢的依旧是另一种明朗的男人。她只是跟黄耀，有了感情而已。

在戴晨心里，那种感情不是男女之间的，也不像普通朋友，倒更像亲人。

戴晨不解释，黄耀也不解释，由着他们把他俩当话头聊天。

直到那一次，科长当面问了黄耀，说："啥时喝你跟小戴的喜酒啊，咱科里可是有阵子没喜事儿了。"

黄耀就有点窘，说："哪儿跟哪儿啊，人家戴晨有男朋友了。"

众人都愕然，戴晨也愕然。

是有一个叫李晓冬的男孩子，是戴晨哥哥的同事，他在汽车站上班，高高的，面容清秀，爱笑，和戴晨年龄也相当，两人挺搭的。哥哥有意撮合他俩，一起吃过几顿饭，也确实彼此都有意思。

不过他俩还没到明确关系的地步，最亲密的表现，也就是偶尔李晓冬骑着自行车来接戴晨下班，怕被人看见，在外贸局远处的路口等她。

戴晨以为没人发觉，没想到黄耀居然知道了。戴晨默认了。

之后便没人再拿她跟黄耀开那种玩笑，没多久戴晨跟李晓冬正式确立了恋爱关系。

然后又过了一小阵子，科里传出来一个消息，黄耀跟棉纺厂厂长的闺女于菲菲好了，厂长不同意，扬言要托关系开除黄耀。

消息挺爆炸的，要知道于菲菲是正儿八经的本科生，还没毕业，又是厂长的独生女，不光两家门不当户不对，单就黄耀跟于菲菲两人，学历和其他也都不般配。但于菲菲偏就看上了黄耀，一见倾心。

戴晨对于菲菲的钟情不意外，黄耀有着让女人一见倾心的外表和气质，于菲菲到底也才二十出头，就算学历高，喜欢上黄耀也正常。

戴晨意外的是黄耀接受了于菲菲的喜欢。她见过于菲菲，于菲菲身高遗传了父亲，五官却没有父亲的俊秀，大概是更像母亲，相貌有点笨拙，连中人之姿都称不上。

所以戴晨觉得传言大概率是真的——于菲菲看上了黄耀的皮囊，而黄耀看中的，则是于菲菲的门楣。

戴晨不能让黄耀这么做，不仅是她接受不了黄耀的卖身求荣，还担心黄耀万一搞砸了，会真的把前途搭进去。

6

戴晨找黄耀谈了一次。

在戴晨心里，黄耀的地位明显和别的男人不同，虽然她也说不上来为什么会不同。

黄耀没否认传言，他说他清楚自己在干什么，也清楚自己想要什么，他需要外力来改变家境的艰难。当初他这份工作，说起来是被照顾的，但其实，他母亲四处磕头作揖，不知道说了多少好话、拜了多少神仙。

他母亲也曾是个要强骄傲的女人，但为了黄耀姐弟俩，一再屈膝，一再低眉。

这让黄耀受不了。黄耀说：“我也是个男人，我们家就我一个男人了。”

就这么一句，戴晨的眼泪突然就冲出了眼眶，她心里特别难受、心疼、酸涩。

黄耀说：“别劝我了，我跟于菲菲，我们已经好上了，她一定会嫁给我的。你放心。”

戴晨没再说话，知道拦不住黄耀，她很用力地克制着没让眼泪流下来。

接下来便是黄耀和于菲菲全家的短兵相接。

各路人马出动，包括科长在内，不知道私下找黄耀谈了多少次，分析利弊，让他离开于菲菲，但黄耀油盐不进。

然后有天晚上，黄耀跟于菲菲看完电影分开后，在快到家的路口，被人堵着暴打了一顿。动手的人有四五个，黄耀被打得浑身是伤、血肉模糊。

戴晨得到消息跑去医院的时候，黄耀浑身上下都缠满了纱布。隔着纱布，戴晨都感觉到了那些伤口的疼痛，站在那里倒抽冷气。

黄耀竟然还笑得出来，问："戴晨，心疼了？"

戴晨心里难受死了，他们相识这么多年，这是黄耀头一回跟她开玩笑，还是在这样的境况下。

戴晨说："就不能算完吗？"

黄耀说："放心吧，快有结果了。想想你瞅了都心疼，于菲菲得疼成啥样啊？"

戴晨被气笑了，说："你还真是不撞南墙不回头，报案了吗？"

黄耀摇头，说："不用。"又说，"真没事儿，也就是内讧，早晚一家人。"戴晨无奈摇头。

7

果然被黄耀言中，于菲菲在目睹了黄耀的一身伤之后，要死要活地跟家里闹翻了。

然后两人干脆做了件更绝的事儿——于菲菲怀孕了，大学毕业时已经怀了两个多月，怀到快四个月时，跟家里摊了牌。

于菲菲的爹妈彻底溃败，给黄耀和于菲菲把婚事办了。随后于菲菲在家养胎生子，黄耀被调到生资公司，在一个部门当了个小科长。

黄耀离开前去跟戴晨告了个别。

戴晨看了黄耀好半天，说："你呀！"

没多久，戴晨也跟李晓冬领了证。

黄耀没来，托人送来个红包，是戴晨的朋友和同学中最大的一个。

晚上拆红包时，李晓冬都乐了，说："你这同学倒是够大方。"

戴晨白了李晓冬一眼，没吭声，心里某个地方，还是没来由地疼了一下。

再之后很长时间，应该有四五年，戴晨跟黄耀的生活没再有过任何交集。县城不大，但一个人说不见也就不见了。

之后戴晨怀了孕，生了个女儿。

时间到了二〇〇几年，随着出口贸易的完全放开，私企越来越成熟，外贸局这种当初格外辉煌的老派单位渐渐日薄西山，最后由于发不出工资散了，给每个人象征性补偿了点儿钱，然后大家各奔前程。

那年戴晨跟李晓冬的女儿刚好三岁，上幼儿园。

离开外贸局时，戴晨拿走了当年她和黄耀一起做的一个匾额，交货时因为尺寸问题被退回来，一直堆在仓库的角落。

戴晨认得那是他们做的，黄耀定型的花瓣，比其他人做的都柔和、逼真。她拿回去之后，装上电池，钟表竟然还可以用。

8

没了工作，女儿又读了幼儿园，戴晨当然不能闲着。她那么年轻，再说李晓冬工资并不高。

刚好那年车站附近的老市场改造，建了新商铺在认购，李晓冬便提议干脆买个门面做童装，还可以借助他的工作，搭便车进货也方便。

戴晨也觉得可以，但买铺面进货，他俩没钱，资金上差一大截子，两家父母也帮不上忙。戴晨后来决定去试试申请贷款，当时政策上支持这种自己创业的贷款行为。

就这样几年后，在某银行营业厅，一天早上，戴晨和黄耀又一次意外重逢了。

黄耀所在的生资公司没能躲开大潮流的冲击，也在解散边缘，于菲菲家里已经帮不上黄耀什么，他攀附的门楣没闪耀太久就暗淡了。好在于菲菲学历高，孩子交给父母带，她考到了银行工作。黄耀闲来无事，也会客串一下信贷员，帮于菲菲跑个存款什么的。

因为黄耀的帮忙，戴晨成功贷到了五万块钱。

李晓冬知道后，坚持请黄耀夫妇吃了顿饭，跟戴晨说：“多个朋友多条路，何况还是这么亲近的同学关系。”

李晓冬也把当年的大红包对上了号，跟黄耀称兄道弟的很亲热。

两家就这么有了交集。

戴晨运气不错，几个月就大致摸清了童装的门路，零售批发一起搞，还代理了一个品牌。那两年生意好做，戴晨着实赚了一些，除了资金周转，剩余的钱就存在于菲菲那里。

每次去，戴晨也会给于菲菲的儿子送些衣服或者玩具。于菲菲比以前更胖了些，过了三十岁，五官反倒比以前耐看了。但两个女人的交情始终不算太深。

又过了一阵子，戴晨的生意平淡下来，开店的越来越多，价格近乎透明，利润空间越来越小。买了一套投资房后，李晓冬主动提出，把剩余的二十万左右让于菲菲操作一下，找个靠谱的企业投资进去好了。

那时候，很多银行职员利用工作便利倒腾放款，于菲菲手头有资源，也一直在做。戴晨是知道的，只是一直没想做，她更喜欢脚踏实地地赚钱，但李晓冬那么上心，她也就同意了。

9

跟于菲菲聊了两次，于菲菲就帮着找了一家做皮革的私企，谈好了利率。

那家皮革厂的老板是于菲菲熟人，于菲菲在那放过几次款，说很稳妥，人也信得过。

事情是李晓冬具体去对接的。李晓冬回来跟戴晨说："于菲菲两口子挺够意思的，中间没拿一分好处。"

戴晨没吭声，她也知道于菲菲和黄耀不会赚她的钱。她和他们之间，是有默契和信任的。

就这样，经于菲菲的手，戴晨和李晓冬那二十万投进了皮革厂。于菲菲同时还另外找了两个朋友，又投了三十万进去。

没人想到这笔钱会放丢。

仅仅在收了两次利息后，皮革厂老板在一天晚上关了门跑了。

于菲菲回过神来的时候，其他债主连机器都搬空了。

一切都是皮革厂老板有意制造的假象——压根就没有所谓订单

增多扩大规模购买机器的融资什么的，厂子其实早已经在亏损状态，皮革厂老板先小融了几次资，骗取了各银行的信任，然后这次眼看资金融得很有一笔了，跑路了。

于菲菲傻了，那是差不多十年前，县城房价一平方米还不过千元，五十万是笔巨款。

戴晨也傻了，二十万对她也不是小数目，是她风里雨里的血汗钱。

可是这种事儿，戴晨心里很清楚，如果警察逮不住皮革厂老板，她也只能认了。

这不是于菲菲的错，何况投资本来就有风险。再心疼，戴晨也得认。

10

不认的是李晓冬，李晓冬说："这不行，可是二十万呢。"

戴晨说："不行能咋办？"

李晓冬不接话，进卧室摸索片刻，拿出来张欠条。

欠条是黄耀写的，签了名，按了手印，上面写着借戴晨现金二十万，利率也按照投资预估的点数写清楚了。

简单说，李晓冬把原本的投资变成了一场稳赚不赔的类似放高利贷的生意。

戴晨惊住，瞪大眼睛看着李晓冬。

李晓冬解释，他当初就有点不放心，所以特地找了黄耀，结果他一开口，黄耀就明白了他的意思，很干脆地写了个借条，说赚了是李晓冬夫妻的，万一亏了，是他自己的。

李晓冬说："不瞒你说，我当时也觉得有点……对不起黄耀。怕你不高兴，就没告诉你。"

戴晨怒了，怪不得那天李晓冬感慨于菲菲两口子没有从中谋利。说穿了，他早就看出来黄耀和戴晨之间，虽然没有那些乱七八糟的事，但关系绝对不寻常。这个欠条，只要他提出来，黄耀就不好意思不写。

李晓冬就是利用了黄耀对戴晨的那份真情意拿住了他。

明白之后，戴晨一下子悲从中来，她抬头看李晓冬，第一次觉得这个十年的枕边人竟然那么陌生，陌生得她好像从来没有认识他，从来没有。

这些年，戴晨忙于生活，精力也多在店铺和女儿身上，当初那份热情平淡下来，渐渐乏善可陈，但戴晨从没觉得李晓冬会让她心凉到这种地步。

戴晨真的已手脚冰冷，下意识地，她伸手去夺那张欠条，她要撕了它。

李晓冬早有防备，手一下抬高，戴晨扑了空，身体一踉跄，差点儿跌倒。

11

那晚，戴晨睡在了女儿房间。

次日，戴晨同李晓冬说："不许找黄耀要钱，否则……离婚！"戴晨说得斩钉截铁，没再多说一个字。

她从未那样过，李晓冬被吓到了，半天之后怔怔地问："为啥不能要？那可是你的血汗钱。"

戴晨说："没有为什么，只要你去要，咱们就离婚。"

说完戴晨便朝外走，走到门口时，听到身后李晓冬说："当初你是不是喜欢黄耀啊？"

戴晨旋即转身，平静地回道："如果当初我喜欢的是他，你根本不会有机会。"戴晨带上门离开。

路上，戴晨想着黄耀写欠条时的心情，他大约也是瞬间明白了，她嫁的竟是这么一个小人之心的男人，他会是什么感受……她心里无比酸涩，说不出的酸涩。

她想给黄耀打个电话，但还是忍住了，想来出了这么大的事儿，他跟于菲菲也很焦急，她也没脸打给他。

当然她更没想到几天后，黄耀竟然把钱还回来了。二十万，黄耀提的现金，装在牛皮纸信封里，鼓鼓的一大袋子。

戴晨惊讶地问："钱哪来的？"不等黄耀回答，又说，"这钱我不能要。"

黄耀笑笑："给你就拿着，这次是菲菲大意了，不能让你们吃这个亏。"

戴晨说："投资本就是风险共担，没这个道理。"

黄耀板起脸："戴晨你能不这么倔了吗？都是当妈的人了。"

戴晨说："两码事。"

黄耀眉头一皱："戴晨你好烦，上学那会儿你就好烦。"丢下牛皮纸信封走了。

戴晨朝外追，黄耀吼一句："不要就扔了吧。"

戴晨不追了。

黄耀到底没提欠条的事儿，他以为戴晨不知道吧。他是不想让戴晨知道，不想让她知道她选择的男人李晓冬背着她做了一件如此自私的事儿。

戴晨简直无地自容。

戴晨把钱拿回去，砸给李晓冬，要过来欠条，一点点撕成了碎片。

一扬手，纸片漫天飞舞，戴晨觉得心里有一处，空了。

12

很快戴晨便知道了，黄耀是卖了他和于菲菲的房子还了她的钱，两人搬到了于菲菲父母家。

可另外两个投资人虽然没欠条，也没放过于菲菲，找不到皮革厂老板，就天天去堵着于菲菲要钱。也是曾经饭桌上推杯换盏深情款款的朋友，一出事儿，眼里就只剩了钱。

于菲菲的爸妈心疼女儿，把棺材本都拿了出来才把于菲菲的亏空补上。

于菲菲工作也到底保住了，只是整个人瘦了一圈，还患上了严重的神经衰弱。

戴晨不知道怎么安慰于菲菲，也没勇气去见她，只是私下托朋友打听案子的进展，可两三个月都过去了，还是无果。

戴晨再没有高兴起来，对李晓冬也再没回到曾经的亲近和依赖，更多时候，她看他如同一个屋檐下的陌生人。只有女儿腻歪李晓冬时，戴晨才心头怅然，她跟李晓冬是一家人，是夫妻。

就算有什么东西碎成了渣，再无可弥补，日子还要过下去。

黄耀出事儿的时候，皮革厂老板拿着钱跑路都半年了。

那是年根儿，黄耀不知怎么打听到了皮革厂老板的父母家，然后就在村口堵他，堵了四五个晚上，竟然真给他堵到了。二话没说，黄耀上去就和皮革厂老板老拳相见。

结果两败俱伤，两个人都进了医院。

但皮革厂老板在打斗中磕到了头部，瘀血导致脑神经受损，半边偏瘫了，属重伤。黄耀只是皮肉伤，又是他先动手的，结果以故意伤害罪被判了三年。

13

戴晨去监狱看黄耀，服刑的黄耀头发剪得很短，天生的自来卷都剪平了，样子有点儿陌生，但神情依然深入骨髓般地熟悉。

戴晨问黄耀："怎么这么冲动？找到人报警就是了。"

黄耀说："太便宜他了，而且这种人都是属兔子的，等警察赶过来也不一定能逮着。我把他扎上几刀，不论死活，至少他是跑不动了。"

黄耀抽一口烟，说："我不是一时冲动，我是想好了，一定要替于菲菲出这口气。菲菲这些年真的不容易，当年她为了我豁出去了自己，这些年下来也没过几天好日子，人心都是肉长的，我真的觉得亏欠她很多……你也知道的，当初我目的不纯……"

戴晨突然有点儿难受："别说了，都过去了。"

黄耀说："作为丈夫，这些年我从来没为于菲菲做过一件正儿八经的事，这次我总算为她好好当了一回男人。"说着黄耀嘴角一翘。

恍惚间，戴晨想起多年前的那天，在学生科，黄耀不承认他踢了石头，嘴角也这么翘起来，倔强又孤傲。

戴晨突然就走了神，好半天，直到黄耀说："以后别来了，这不是你来的地方，再说……"黄耀停住了。

戴晨知道黄耀没说的话是，李晓冬知道了不好。戴晨没吭声，她没告诉黄耀，现在她根本不在乎李晓冬是否知道。她跟李晓冬，或许会一直相伴到老，可内心再不会有真正的亲近了。

这是一种悲哀，戴晨无力改变。

戴晨答应了黄耀，没再去看过他。她相信黄耀说的，三年后他还是一条好汉。对她来说，黄耀一直都是条好汉。

但戴晨开始频繁去看于菲菲，于菲菲本就神经衰弱，黄耀进去后，更是失眠得厉害，人都瘦得看不出当年的样子了。

每次看到戴晨，于菲菲都会哭一阵子，也会有一搭没一搭地跟戴晨说说从前。

有一次于菲菲说："我怎么会不知道呢？黄耀那时根本不爱我，他就是看上了我的家庭背景。可是我爱他啊，所以我装糊涂，跟我的全家对抗……就是鬼迷心窍吧，或者上辈子欠了他的，我就是喜欢他……"

戴晨打断了于菲菲，看着她认真地说："现在黄耀爱你了。"

于菲菲破涕为笑："真的？"

戴晨说："真的，你想想，他为你都敢杀人。"

于菲菲又哭了："这几年，苦了他。"

戴晨拍拍于菲菲的手："有你等着，他不苦。你得好起来，让他安心。"

于菲菲定定地看了戴晨片刻，说："我听你的。"

这么多年后，戴晨觉得她跟于菲菲之间，才算真正破了那层薄薄的冰，有了两个女人之间真诚的交往。

她对于菲菲，也有了认真的心疼。

14

晃晃悠悠地，两年多过去了。

在黄耀还有半年时间出狱的时候，有同学组织了毕业二十年聚会，通知了戴晨，戴晨去了。

他们都已人到中年，热热闹闹，推杯换盏，后来有个姓蒋的男人主动过来跟戴晨碰杯。

姓蒋的有点酒意了，眼神飘忽，先是敬了戴晨一杯，说："你还记得吧，戴晨，上学的时候，有一回你被石头砸到了下巴，差点儿破了相。"戴晨一顿。

蒋说："对不起啊，戴晨，那块该死的石头是我踢的，当时我没胆，没敢承认。后来又有人举报了黄耀，我就装死没吭声了。"说着，蒋朝着戴晨深深地鞠了一躬。

戴晨看着他，默默呆了许久。蒋又说了些什么，她完全没听到，也有些看不清周遭，飞蛾扑火一般，有什么感觉密密匝匝地包围过来，眼前浮现出刚到单位那年黄耀主动帮她做手工的情景。

黄耀当时说，就算他补偿当年那件事吧。

戴晨一直以为黄耀说的补偿，是当初踢石头的是他，而其实他说的应该是他没有勇气去对她澄清误会，更没有勇气向她坦露真心。他的自尊就像他翘起的嘴角，一直那么倔强又高傲，而且越在爱的人面前，就越放不下。

站在那里，戴晨没来由地想起一句台词：既然不是你，是谁又有什么不同。

真是迟钝啊，过了这么多年，戴晨才明白过来，明白黄耀对她的情意，跟她以为的截然不同。

可戴晨真的没有爱上黄耀，直到如今她已经不爱李晓冬了，她也没爱上黄耀，一直没有。在戴晨心里，黄耀是个很重要的人，如手足，如血肉，如她身体的一部分。

对现在的戴晨来说，那不是爱情，却已经远远重过了爱情。爱情转瞬即逝，会失望，会破碎，但这种情感不会。

即便如此，戴晨还是觉得，如果可以从头来过，哪怕不爱黄耀，她也会选择和他在一起。

她会。

这一次戴晨终究没能克制住，在热闹的酒店里，在晃眼的灯光下，在很多人的寒暄中，她的眼泪哗啦啦地流下来了。

戴晨觉得真是疼啊，她心里对黄耀的那份情感，比爱情的疼，疼得多。

红围巾

1

宋河在微信里对小满说，他过小年的时候就回去，已经买好车票了，问小满想要啥。

小满就是不太喜欢宋河这点儿，虽然他俩订婚了，但毕竟不是夫妻，她想要啥，怎么张开口跟他说？那显得小满也太贪财了。

并且，小满觉得宋河这么问有点儿故意的虚伪的成分。小满也在电视上看过，除了两口子，还有种不正经的关系像这样。

哪个女的会动辄就跟男的说，你给我买个啥啥啥吧！一般都是男的会想，自己的女人喜欢什么呢；或者看到什么东西，比如一件衣服，脑子里会突然蹦出来“这个她穿更好看”；看到一件首饰，脑子里也会蹦出来“没准她喜欢”，然后买下来，可能会有点儿心疼，可还是买了。之后见了面在一个恰当的时候，比如吃完饭送女的回家时，男的把东西突然拿出来，给她一个惊喜。

而不是宋河这样，好像是明目张胆地邀功似的。

小满又是要面子的女人，根本不愿意这么开口跟男人要东西，所以每次宋河问了，小满也只能说："什么都不用买，我啥都不缺。"

这样，宋河钱一分没花，却也在她这里赚了个好人，送了份心意，挺烦人的。

所以小满就装作没看到宋河的微信，反正他说完了也不会催，又不是正在商场实心实意给她挑东西，反正就是问问。

果然，小满不吭声，宋河也没再问。

一直到天快黑了，小满才回了一句："刚看到微信，我啥都不缺，不用买。"

宋河倒是回得快，说："那好吧。"

料到是这样，小满还是被那么轻轻地噎了一下，这种感觉真挺烦人的，半毛钱的惊喜都没有，全是意料之中的寡淡。

两人就都没再说什么，小满知道其实她该再说点儿啥的，比如叮嘱宋河回来的路上注意安全，别装太多现金什么的，可是心情索然，小满连那两句都懒得说了。

手机屏幕黑下去，小满听到她妈喊她出去吃晚饭。

也没啥可吃的，整个冬天，小满妈都在炖大白菜，放几片白花花的肥肉，那几片肥肉，过好几天都吃不完，一直衬在白菜里。

小满懒懒地应了一声，这时候却又听到手机微信提示的叮咚声，小满有些诧异，把手机解锁了。

她凭直觉认为，应该不是宋河，她跟宋河平时不太聊天，没空儿，再说流量就那么一点点，说多了浪费，刚才的话题也聊完了。但小满的微信好友里也就镇服装厂里的十来个工友，今年厂子活不太多，天一冷就放了假，大家互相都没联系过，小满不知道会是谁。

2

小满好奇地瞅了一眼，竟然是平安，小满干活的那个服装厂以前的电工。后来因为一次工作失误损毁了一台电机，平安被厂里开除了。

平安走的时候，两人没留联系方式。

半个月前小满跟她妈去镇上赶集，碰到平安在那里卖山野蘑菇，说了几句话，平安主动提出来两人才加了微信。

加过后也两人没聊过，小满倒是看过平安的朋友圈，他老转一些发家致富的消息。小满大体猜出来，平安从厂里离开后，应该是做了些小生意，倒腾蘑菇木耳之类的干货去各个乡镇赶集。

小满家那一片，方圆几十公里都是山区，交通没外面那么便利，很多村里人尤其上了年纪的，还是靠着赶集去买东西。

平安发微信，小满有点儿意外，而她更意外的是，平安说："我前几天去县里进货，给你买了样东西，小满，明天逢集我还在老地方，你来吧。"

小满把这段话看了两遍，没回，她不知道该回什么。外面她妈又在喊她出去吃饭，小满装作听不见。天完全黑了，小满也没开灯，她坐在自己黑咕隆咚的屋子里，想了一会儿。

小满想了想平安，那时候在一块干活时的平安。

那家服装厂，除了老板和平安就都是女的了，多半是结了婚的中年妇女，小满最年轻。

老板也不大在厂子里，他要出去揽活，去县里的小学、酒店什么的地方，平时是他那个嘴巴从来不闲着的老婆看厂，所以厂里基本就平安一个男的。

平安跟宋河差不多的年纪，二十三四岁。这个年纪的男人大多去外面打工了，像宋河，在南方一个电子管厂，每月挣三四千。

平安在厂子里干电工，也负责打杂、装货卸货什么的，每个月也就千把块钱，还没小满赚得多。小满拿的是计件工资，小满手快，活赶得上，多的时候每月能赚两千出头。

开始小满也不知道平安为啥死守这里不走，平安看上去比宋河还壮实，头发贴着头皮，乌黑一层，眉毛眼仁也乌黑，他喜欢穿黑色的牛仔服，看着也是个帅气的。模样不说了，这把子力气，出去干建筑工也比这强。

后来小满才知道平安不出去的原因。

平安老早没了爸，家里就一个妈，她腿脚还不利索，天一冷左腿就走不动路，每天除了坐就是躺着，要人照顾，所以平安走不了。

厂子里的大姐们心软，说平安挺可怜的，也很孝顺，也不是每个儿子都顾妈的，所以小满对平安印象挺好。但也仅限于此，那时小满已经跟宋河订婚了，收了彩礼，也戴上了宋河买的金戒指，顺理成章地把自己用宋河未婚妻的身份上了封条，对其他人其他事也不多想。

不过，这会儿小满循着这条微信重新过滤平安给她发送的消息时，还是没太费劲地找出了一些蛛丝马迹——那时候，平安应该是喜欢她的吧。

3

小满记起来，那时如果她跟旁人的电机子同时出了问题，平安一定先修小满的。

小满那台机器，比谁的都好用，所有该润滑的地方，根本不用小满说，平安屁股兜里好像随时装着润滑油，没事就过来帮小满点一下。

平时那些结婚了的女人爱跟平安开玩笑，讲些荤段子，老板媳妇儿最泼辣，经常跟平安说："平安，晚上我给你留着门儿吧？"

还有人早上给平安带鸡蛋，说："吃啥补啥，平安多吃个鸡蛋，有劲儿。"

一屋子的女人都笑疯了。

平安都是还嘴的，顺着她们的勾搭胡说八道，但每次一看到小满，立刻就把嘴巴闭上了，脸也会红。

有次老板媳妇儿又说给平安留门儿，平安瞅了小满一眼说："嫂子，咱这还有小姑娘呢，别闹哈。"

老板媳妇儿说："啥小姑娘，小满虽然还没领证，可早有男人了，啥不懂，哈哈哈。"

小满唰地就脸红了，小满脸红是因为老板媳妇儿说中了，她不是小姑娘了，她啥都懂，包括吃鸡蛋。

宋河每次跟她睡完都会说要多吃俩鸡蛋。

订婚后，宋河一天没耽搁，当晚就把小满给睡了，按照风俗，光明正大地睡了。订婚的花销最大，小满算过，都算下来，加上现金，宋河花了有个小十万。这么一睡，宋河跟宋河全家才都踏实些。

小满也没啥可说的，她倒不贪宋河彩礼，可是爹妈贪，爹妈等着宋河拿了钱来，把家里给她弟预备盖的房子盖上。没有宋河的钱，房子盖不完。

这是家里的日子，也是小满的日子，顺理成章，无波无澜。

毕竟没正式结婚，小满不能跟她们一样没脸没皮，脸红过后，装作去厕所起身出去了。

小满记起来，就是那次，平安也跟她出去了，走到车间几米外，平安说："那个，小满，你真的有男人了？"

小满嗯了一声，点了点头。

平安就没再说话，站住脚，看着小满朝院子东南角的厕所走去。

没两天，平安就出了工作事故。

4

全部想起来之后，小满在黑暗中长长地叹了一口气。

然而她那口气没叹完，门开了，小满妈啪地把灯打开了，看小满摸黑坐着，吓了一跳，随即骂道："发啥神经呢！饭也不吃。"

小满说："不饿，不想吃。"

小满妈说："刚想起来，宋河啥时回来？"

小满没抬头，说："大概小年吧。"

小满妈说："那你跟他说声，让他给咱娘儿俩在外面带两条围巾回来，要羊毛的，今年兴这个。"

小满哑然失笑，这事儿她妈竟然也知道。也不知啥风吹的，小满听好多人说今年冬天兴羊毛围巾，戴的人也多。但哪有那么多羊毛的？镇上卖的、村里大姑娘小媳妇儿戴的，都是化纤的，十几甚至几块钱就能买一条。小满一点儿都不想凑那热闹，没想到她妈倒是挺上心。

但是小满不想跟宋河说，刚说了啥都不要的。小满说："咱自己买呗，集上多的是。"

小满妈说："你是不是傻，哪个有男人的是自己买的，就是要宋河买。再说，他在外面买的好，能买到真羊毛的。"

"挺贵的。"小满撇嘴，"花那钱干吗！"

小满妈一指头戳过来，戳得小满坐着都一趔趄。

小满妈说："说你傻你还真不透气了？现在不让宋河给你花点儿钱，等过了门，他更不舍得给你花，死心眼子！"

小满不吭声了，她其实也知道，村里很多女的结婚后，到了婆家好几年都买不了件新衣服，没准还要干活挣钱帮着管彩礼钱，可她还是不想开口。

小满妈坐着不走，说："你这就给宋河发那个什么信，跟他说。"

小满被她妈磨得没办法，只好给宋河说了一下。

宋河倒是回得很快，说："行。"

小满妈说："要红的，大红。"

小满只好又说了。

宋河又说："行。"

小满妈才心满意足地走了。

关手机前，小满又扫了一眼平安的微信，突然心一跳，她有一种预感，平安想送她的没准是一条围巾。

小满心里便有了一种说不出来的感觉，她觉得明天不应该去，不管平安给她的是什么，都不该去。

可是第二天，小满却没拴住自己的脚，她去了。

5

小满是回来的途中才把平安给她的袋子打开的。

没出小满预料，是一条围巾，一条大红色的围巾，一条在阳光底下看上去、伸手摸上去都特别美好、温暖的围巾，一条纯羊毛的围巾。

深冬的太阳下，小满在路边拿着围巾站了好半天。

围巾真好，小满把围巾系在脖子上，用像素很低的手机自拍了一张照片发给了平安。

平安就回过来俩字："好看"。

小满系着围巾走了一路，快到村口的时候摘了下来塞进了包里。

到家后小满把围巾仔细藏了起来，藏在了一条新被子中间。

几天后，宋河回来了。

宋河到家撂下东西就来了小满家，是憋坏了，一顿饭都没好好吃，也没跟小满爸喝上两杯，瞅着空去到小满屋里，先急三火四地睡了一把。

然后宋河把小满的门打开，很大声地说："小满你要的围巾我给你买来了。”才从背包里取出两条带着标签的红围巾来。

小满妈在院子里扫地，听到了，放下笤帚走进来说：“小满你快围上我看看。”

宋河说：“妈，也有给您买的，您和小满一人一条。”拿过其中一条递给小满妈。

小满妈满心欢喜地接过来，在手里一摩挲，脸上的笑掉了一小半。

常年跟布料打交道，那条围巾小满没上手就知道是一条化纤的，虽然很厚，但也值不了三十块钱。

小满在镇上见过，小满甚至都能确定，那是宋河在镇上买的，外面东西那么贵，宋河怎么舍得花那个钱？但小满什么都没说，都是料到的事，有什么好说的呢？包括小满的妈，那脸笑被打散了，也是一声没吭，重新又堆起了一脸，说：“鲜亮，挺鲜亮的。”

宋河说：“一百多一条，也不算太好。”

小满妈说：“外面东西就是贵，以后真不能在外面乱买东西。”

宋河就听话地答应着，又说：“我妈说，让小满年前去我家待两天，帮着蒸点馒头什么的。”

小满妈说：“去吧去吧。”

宋河就朝小满眨了眨眼。

那么多天了，睡一次怎么够？宋河当然要带小满走。

小满装作没看到，把头转开了。她会跟他走，她会跟着自己的日子走，但是她不想那么明确地回应。

小满，就是不想。

6

平安约小满见面那天是腊月二十四，再过四天，腊月二十八，平安就要结婚了。

在集上给小满围巾的时候，平安说：“小满，我年后就结婚了，我们同村，是个寡妇，比我大两岁，自己在镇上开店，挺能干的，有个两岁的儿子。”

平安说：“小满，我不光要结婚，结婚就能当爹呢。以后我也不用赶集了，我的货都放到她店里卖。”

小满看着这些日子风里来雨里去越发黑瘦的平安，说：“挺好。”

平安说：“别的没什么。”

小满说：“嗯，别的没什么。”

说了这么几句，小满就走了。

平安都没说送她的是什么，她也没问，好像两人都知道对方明白似的。

但小满是真的知道啊，她那时候还没打开袋子呢，就知道平安要送她的，是一条红色的羊毛围巾。

小满什么都知道，她的日子、平安的日子、他们的日子。

但是多么好啊，在这样的日子里，有过这么一条真正的羊毛围巾，它藏在一条簇新的棉花被子里，也会藏在时光里。

它在长长远远的未来，冬日或者深夜，那么红艳艳地跳跃一下，暖一暖小满，也暖一暖平安。

别的，真也没什么了。

我是你的女人

1

宝霞没多大点儿时就跟罗三猛说："罗三猛，我要当你的女人。"

那天罗三猛正在池塘边钓鱼，蹲在塘边弯柳树的树荫里，光着膀子，两眼盯着水面上鹅毛翎子做成的鱼浮子，发现已经有鱼上钩了，咬得鱼浮子一晃一晃的。

那个池塘在林场最南边，整个夏天，罗三猛差不多每天都耗在那里钓鱼。

没想到那天宝霞突然从树后头蹦出来说了那句话，把罗三猛吓了一跳。

水里的鱼显然比罗三猛更机灵，听到宝霞咋呼，浮子左右狠狠一晃，即将上钩的鱼脱钩了。

罗三猛有点儿气急败坏，头也不回地吼了一嗓子："滚滚滚，小屁孩儿谁要你！"说着罗三猛伸手拉起鱼竿——果然，鱼跑了，鱼钩上的蚯蚓也不见了。

罗三猛心里顿时不爽，扭头想再骂宝霞，却见她噌一下就把短袖小花褂撩了起来，宝霞说："你看我不是小屁孩了。"

罗三猛没敢直视宝霞，一哆嗦，手里的鱼竿掉地上了，然后有股子说不上来的热气开始从罗三猛的小腿肚子往上蹿，非常迅速。

罗三猛腾一下燥了起来，也顾不上宝霞了，他一头扎进了池塘，脑袋往水里扎下去的时候，隐约还听到宝霞还有几分稚气的声音。

宝霞说："说定了，罗三猛，以后我就是你的女人了。"

那年，罗三猛 17 岁，宝霞 13 岁。

罗三猛没考上高中，连个技校都没考上，闷闷地待在家里等着他爸一趟趟去找场长，为的是能让他在林场上班。罗三猛的爸那时也就四十出头，离退休还早，不能让罗三猛等到接班。

求人当然是件很糟心的事儿，尤其罗三猛的爸好面子，在场长家挨了白眼，回来喝了二两酒之后就骂罗三猛。

罗三猛不想在家待着，就抓俩馒头在池塘边挨时光，一个夏天，脊背都晒得黝黑发亮。

那天罗三猛在池塘里闷了会儿钻出来之后，宝霞已经走了，罗三猛的衣服旁边多了个脏兮兮的铝饭盒。

罗三猛爬上岸打开饭盒，看到里头有一个馒头，还有几块红烧肉。罗三猛咽了一下口水，肚子里发出咕噜一声。

身子的燥热在水里降了温，罗三猛抓起馒头夹着红烧肉大快朵颐的时候，心里生出了几分从未有过的温热。

2

罗三猛知道宝霞为啥会发这种神经，前几天，罗三猛把宝霞的弟胖揍了一顿。

宝霞有个弟，跟她是双胞胎，宝霞她爸重男轻女，因而那小子仗势欺人，没事儿就欺负宝霞。

那天宝霞在院子里给她弟洗着衣服，结果她弟弄了条毛毛虫扔到了宝霞领子里，把宝霞吓个半死不说，毛毛虫有毒，宝霞的后背红肿了一大片……就这宝霞爸还骂宝霞娇气，小题大做，她弟则在旁边手舞足蹈地幸灾乐祸。

住在宝霞家邻院的罗三猛实在看不下去了，那天下午宝霞弟出来耍的时候，罗三猛找了个碴儿把宝霞弟狠削了一顿，警告他再欺负宝霞，见一次削一次，真把宝霞弟的气焰打下去不少。

宝霞当然是冲这才来的，罗三猛清楚，但也不当回事，小屁孩嘛，有啥!

宝霞却挺当回事儿的，那之后经常会去给罗三猛送吃的，那时候家家户户都没啥好东西，一个鸡蛋几块饼干也是宝霞难得弄到的宝贝了。

宝霞来了也不说什么，有时候蹲在罗三猛身边静静地跟他一块瞅着水面的鱼浮子，有时候放下东西就走。

有一次罗三猛难得钓了条半尺来长的鲫鱼，宝霞二话没说就给拎走了，罗三猛也没拦她。这妮子，别看瘦巴巴眉清目秀的，倒是倔得很。

那个夏天就这么过去了。

入秋了，终于在罗三猛爸不知道求了场长多少次之后，罗三猛的工作有了着落，他成了林场的护林工，也就是每天去林子里转悠几圈。

宝霞依旧在县城念初中。

林场离县城有十来里地，宝霞住校，个把月也回不来一趟，每次回来，就在院子里偷偷喊罗三猛两声。

罗三猛有时候应有时候不应。

也就这么着，一晃三四年过去了。

宝霞比罗三猛成绩好一点儿，16岁那年，考上了幼儿师范。

宝霞好像就是这一年开始绽放的，很突然，如同林场那片桃花林，一夜春风之后，就开得缤纷绚丽了。

以至于那个夏天的早上，罗三猛从家里走出来迎头碰上宝霞的时候，愣了好半天。

3

宝霞的个头倒也没怎么再蹿，宝霞13岁就一米六多了，竹竿似的，但她长开了，该收的地方还是收着，比如腰身、小胳膊小腿儿什么的，不过该圆润的却圆润了起来，脸盘、腰身、屁股，眉眼也都长开了，从年少时的清秀，长成了俊美。

宝霞真是大姑娘了，站在夏日清晨亮丽又不太刺眼的日光里，看得清胳膊上的那层绒毛，眼睛一眨一眨的，真是漂亮得不行。

罗三猛在愣了半天后，脑子里头一回主动蹦出了一个念头：这是我的女人。

“许宝霞，是我罗三猛的女人。”忍不住，罗三猛咧着嘴笑了。

宝霞也跟着笑了，笑了半天后说：“德行。”

罗三猛心里顿时就像灌了蜜。

那是罗三猛最蓬勃的年纪，在接受了自己是个“有了女人的男人”之后，身心都跃跃欲试。宝霞却绷住了，死活没让罗三猛上手，也再没像年少时那样，把她的褂子撩起来。

宝霞不点头，罗三猛也不敢，每次宝霞水灵灵的眼睛一扫过来，罗三猛就蔫了。

罗三猛就这么硬扛了三年，扛到了 23 岁。

那年宝霞 19 岁了，已经从幼儿师范毕业，在县城一家幼儿园当了老师，差不多每个周末回林场。

当时法定结婚年龄是 18 岁，但政策提倡晚婚，宝霞跟罗三猛说：“再等一年，等我 20 岁了咱就去领证。”

罗三猛也不较真了，反正这么多年都过去了，不差这一年。

4

但罗三猛没能等到那一天。

在宝霞 19 岁过了没几天的那个秋天的晚上，她第一回主动把罗三猛喊进了林子。

一进去宝霞就扎进了罗三猛怀里，宝霞说：“罗三猛，你要了我吧。”说完就把嘴唇贴到了罗三猛的嘴唇上。

罗三猛就像被点着了引信的炸药，开始嗞嗞冒火，但他……啥也没干。

后来罗三猛无数次回想，都觉得那是他这辈子做的对自己最狠的一件事，但他只能那样，因为罗三猛心里清楚宝霞为什么这么做。

宝霞要跟别的男人结婚了。

对方是一家煤球厂的老板，三十出头，老婆半年前出车祸死了，留下一个闺女。煤球厂老板五大三粗，没多少文化，但是有钱，之前送闺女去幼儿园时就馋上了宝霞。

本来这门亲事是不可能的，宝霞性子倔，认准了罗三猛，杀了她也不会回头。但宝霞也不知道上辈子欠了她那个该死的双胞胎弟什么鬼东西，他从小欺负她不说，大了还一样拖累她。

宝霞弟弟高考没考上，复读一年，还没考上。家里正犯愁呢，有人给宝霞弟弟找了个上学的门路，但打通这个门路，得要至少三万块，学费还得另算。

那个年代，那笔钱对宝霞家来说，简直是天文数字，但放弃这样的机会又实在太可惜了。宝霞妈愁得没几天头发就都白了，家里连个借钱的地儿都找不到……

也是在这个火烧眉毛的时候，煤球厂老板来宝霞家提了亲，提出愿意给宝霞十万块聘礼。

十万！宝霞妈当时就惊呆了，明白过来后，激动得语无伦次，就差给煤球厂老板磕头了。

宝霞当然不同意，放话宁死不嫁，但宝霞妈抢在宝霞死之前，拎了瓶农药跪在了宝霞面前。

宝霞就这样被逼得没了退路。

罗三猛也没了路，就算那天晚上罗三猛猛砸沙袋把两只手都砸秃噜了皮，他也无路可走，谁让他没钱送宝霞弟读书呢。

所以罗三猛知道，宝霞这么干是已经决定了要给煤球厂老板当老婆，她孤注一掷，她要用这种方式遵守自己对罗三猛的承诺。

5

但罗三猛不能那么干。

他也不是不想，那两天只要一想到宝霞会睡在那个男人身下，他杀人的心都有，更别说爆炸了。

可是罗三猛23岁了，身体莽撞但心里清楚，他这么炸一回能同归于尽也罢了，但他没那么大威力。他悲愤交加地把宝霞要了，唯一能炸碎的就是宝霞的人生——那个男人愿意出那么高的价，看中的当然是宝霞的年轻貌美，但在意的也还有她的白璧无瑕，更何况在那个相对保守的年代。

所以罗三猛炸一下很容易，留给宝霞的，会是再也无法修补的千疮百孔。罗三猛狠不下那个心，他舍不得。

几番进退之后，罗三猛到底成功抵抗了宝霞的破釜沉舟，宝霞甚至连激将法都用上了，骂罗三猛不是个男人、没胆量、没能耐、死太监……

罗三猛油盐不进，扛着。

最后宝霞不闹腾了，趴在罗三猛怀里嘤嘤地哭了。

宝霞哭了好久，泪水把罗三猛胸前的衣服都湿透了，最后宝霞不哭了，抬起头来在黑暗中摩挲着罗三猛的脸，说："罗三猛，这辈子，我都是你的女人。"

罗三猛一仰头，让眼里掉下来的泪停在了唇边。

宝霞就这么嫁了，没等到 20 岁。

罗三猛之后的两三年都没见过宝霞，只能从宝霞家的热闹程度来判断她有没有回家。

宝霞的日子过得应该很富足，宝霞妈经常吆喝宝霞送回来的东西，拿出来显摆。但宝霞很少回来，或者也回来过，有两次晚上，罗三猛看到宝霞家门口停着的桑塔纳轿车，是煤球厂老板的车。

他却没听过宝霞的声音，隔着一堵墙，罗三猛跟宝霞活成了两个世界。

6

罗三猛直到 27 岁才在他妈的以死相逼下结了婚。

那时候罗三猛对女人已经不陌生了，他有过形形色色的女人，熟悉的、陌生的、外头的、场里寡妇……名声坏得一塌糊涂，想找个好女子也难，最后罗三猛只能娶了一个离过婚的。

女人叫王倩，在县农机局上班，结婚半年男人有外遇离了婚。

王倩五官还凑合，但个子不高，身材圆滚滚的。

一个离过婚，一个名声差，两人条件都不好，媒人撮合了两次，罗三猛家里逼得又急，罗三猛懒得再抵抗了，就这么娶了王倩。

日子过得能淡出个鸟来，白天各自上班，家安在县城的一处平房，离农机局不远，罗三猛下了班骑着摩托车轰隆隆地回去，有时在外头跟人喝酒，有时回家吃。

两人对话都是家长里短，也不多，可日子也过了下来。

半年后王倩怀了孩子，也是王倩刚怀上孩子的时候，宝霞离了，确切地说，是宝霞被男人给扔了，理由是宝霞是只“不会下蛋的鸡”。

结婚好几年，宝霞没能怀上孩子。

时隔几年，罗三猛到底也跟宝霞见了面，就在自家爹妈门前，罗三猛跟王倩吃完晚饭要回县城，他刚把摩托车推出来，一抬头，看到宝霞正朝自己家走过来。

7

宝霞变化很大，整个人好像被抽干了水分的水蜜桃，干巴了，罗三猛差点儿没能认出她来，好在五官还有当初的影子。

宝霞穿了件长风衣，风一吹，人在风衣里好像都能飘起来。

宝霞瞅着罗三猛笑起来。

罗三猛张了张嘴刚要说什么，王倩背着包从家里出来了，她看到宝霞，愣了一下，随即伸手挽住了罗三猛的胳膊，王倩说“这是……”

那时候王倩怀孕四个多月，已经开始显怀，她本来就胖，肚子看着很大，王倩又把手刻意地放到了隆起的肚子上，淋漓尽致地展现了她即将为人母的事实。

不等罗三猛答话，宝霞先开了口，说：“这是嫂子吧？”又抬头看罗三猛一眼，“恭喜了三猛哥，要当爹了，好事儿。”说完宝霞就进了门，风衣的一角在门边一飘，像极了宝霞那一刻空茫的眼神。

罗三猛心里一紧，刚追了几步，就被王倩伸手扯了回来，王倩扯住罗三猛的袖子说：“哦，这是宝霞吧。”

宝霞的事儿罗三猛的妈唠叨过几回，王倩是知道的。

三猛妈马上过来打圆场，说：“天不早了，你们先回吧，我跟宝霞唠会儿。”

罗三猛说了一声好，抬腿跨上车座，发动了摩托车，对王倩说：“走吧。”

王倩也应了一声，侧身坐上去，两手紧紧地抱住了罗三猛的腰。

王倩说：“悠着点儿，别颠着你儿子。”

罗三猛眉头一皱，没吭声，一加油门，摩托车蹿了出去。

8

事情也就那样吧，平时来来回回，王倩也没想起来叮嘱罗三猛，偏这回叮嘱了就出了事儿。也不是大沟坎，好像就一个小石块儿颠了一下前轮，就把罗三猛的摩托车颠歪了。

这段路罗三猛熟得要死，因为骑得不慢，车身一歪直接倾斜滑了出去。王倩的惊叫声一声接一声，然后王倩不叫了，开始哎哟起来。

两人和摩托车一同倒地，王倩整个人倒在了罗三猛身上，左腿被压在了摩托车下头。好在有惊无险，王倩也就是伤了腿，胎儿无大碍，只是她被吓得不轻。

罗三猛被他妈狠骂了一顿，也不敢回嘴。

也是这次出了事检查，罗三猛的妈找人花了钱确定了王倩怀的是男孩——罗三猛两个姐，家里就他一个男孩，王倩肚子里罗家的种顿时金贵起来。

罗三猛妈也不让两口子来回跑了，王倩一出院，她就搬到了罗三猛家里，专职伺候起了儿媳妇。

日子无波无澜地过了这么一小段，宝霞那头出事儿了。

宝霞离婚后从幼儿园辞了职，筹备了两三个月，自己招兵买马开了个私人的幼儿园，是当时县城里规模最大的私人幼儿园。

因为动静大，煤球厂老板察觉到了什么，确定了那几年宝霞在钱财上走了私。

老板气坏了，当初是他主动提出离婚，所以也没小气，房子给了宝霞，还另给了两三万，但两三万开不起来幼儿园。

宝霞做得又巧妙，账目上竟然查不出来。

无论如何煤球厂老板咽不下这口气，拉人登门围攻了宝霞将要开业的幼儿园，非要宝霞把多占的钱财吐出来不可，一连围了好几天。

这事儿在县城传了几天传到了林场，罗三猛知道了。

知道后，罗三猛二话没说，扛了把电锯去了宝霞的幼儿园。

到了之后，罗三猛把电锯往地上一丢，人往门口一站，跟煤球厂老板雇佣的那群小混混说谁敢来浑的，他罗三猛就跟他们拼了。

宝霞站在院子里，就那么看着罗三猛为她横刀立马，没劝，也没吭声。

9

那天罗三猛到底跟那群小混混儿干了一架，干得轰轰烈烈，警察赶来问询时，罗三猛已经放倒了仨，自己也挂了彩。

但罗三猛没罢休，当天晚上拿着当初林场建厂房用剩下的一截子雷管去了煤球厂老板家里，罗三猛说："如果这事儿不罢休，大家同归于尽。"

罗三猛拼得太狠，最后煤球厂老板妥协了，但提出让宝霞把房子还回来，不然日后也不会消停。

宝霞同意了，当天就把东西搬到了幼儿园。

然后那天晚上，宝霞跟罗三猛说："别走了，咱俩说说话。"

罗三猛说："行。"

可罗三猛没能跟宝霞说一晚上的话，也就说到十点多，他腰上别的呼机响了，传呼是他姐打的，说王倩早产，在医院，让他赶紧去。

罗三猛只能赶紧去了，王倩在医院折腾了大半个晚上，最后还是剖腹产生下了罗三猛的儿子，六斤七两。

王倩从麻醉中醒来后，瞅着坐在床边的罗三猛说："你要是敢跟我离婚，我就抱着孩子一块儿去跳林场的池塘。"又补充一句，"我说到做到。"

罗三猛苦笑一下，说："离啥婚啊，都哪儿跟哪儿？"

罗三猛没跟王倩说，宝霞又要结婚了。

10

很快宝霞的幼儿园开了业，没多久，宝霞真就结了婚，还怀了孕。

罗三猛没意外，宝霞怎么不能生呢，那种水蜜桃般丰润的身材。

宝霞那时候，是故意不生。

隔年，宝霞生了个闺女，却把婚离了，外头传宝霞的闺女不是她男人的。她男人察觉了，愤而离了婚。

宝霞也不在乎，幼儿园开得风生水起，没两年开了分园。

年代也慢慢朝着新方向突飞猛进，宝霞那些纷纷扰扰的过往不再有人提及，反倒是她成了一个新时代女性事业成功的楷模。

有时候，罗三猛甚至能在县里的报纸上看到宝霞。

过了三十的宝霞又慢慢回到了十六七岁时的丰润，只是人成熟了很多，也气派了很多。

罗三猛跟王倩的日子依旧平淡无奇，好在儿子顽劣，让这平淡能多出点儿滋味。

罗三猛过了三十五岁之后开始发福，林场效益不好，工作也闲散，人渐渐胖得没了当初的样子，却又在两三年后慢慢瘦了下来。瘦到某种程度，王倩察觉出异样，逼着罗三猛去做检查，结果查出来肺癌，中期。

罗三猛烟抽得太凶，终究抽出了大事儿。

确诊后便是进一步检查，结果瘤子位置长得不好，手术做起来很麻烦，费钱不说，县城包括市里肿瘤医院都不敢做，大夫跟王倩说：“家里要是有人就去大城市吧，去北京或者省城。”

大夫建议手术还是做，坏消息里掺杂的好消息是没扩散，并且那种癌细胞发展很慢，如果手术成功，效果不错。

罗三猛知道了详情，跟王倩说：“不治了。”

王倩哭得稀里哗啦，她不能接受罗三猛不治了，但她也没办法。

没钱，也没人。

就这么在家闷了两天，身体还没开始疼痛，但罗三猛有了一种等死的感觉。

王倩只是一个劲儿地哭，哭了两天，王倩去找了宝霞。

王倩把罗三猛的病跟宝霞说了，王倩说：“许宝霞，你带罗三猛去看病吧，治好了，罗三猛我还给你。”

宝霞白了王倩一眼：“他用得着你还？”

说完宝霞拔腿跟王倩出了门。

11

二话没说，宝霞把罗三猛弄到了北京。

去的时候王倩想要跟着，宝霞说：“你去能干啥？”

王倩不吭声。

宝霞说：“人你都给我了就别跟着碍事了。”一点儿没给王倩面子。

王倩瞅了瞅一脸唏嘘的罗三猛，又瞅了瞅风情万种的宝霞，松开了罗三猛的袖子。

宝霞没少花钱，她在北京也没什么熟人，最后还是把罗三猛送进了一家大医院，还弄了个单间。

很快罗三猛就做了手术，手术前签了协议，风险系数还是不小。

宝霞跟罗三猛说："就当碰碰运气吧，万一呢。"

罗三猛说："行。"

罗三猛运气还不错，手术很成功，后续要继续治疗，有种进口药物效果不错，但价格昂贵。

宝霞说："包我身上。"

罗三猛自嘲地笑半天："无以为报。"

宝霞说："可不，你这身子骨现在都不值个啥了。"然后两人就瞅着对方哈哈笑半天。

再等罗三猛身体略一康复，他便跟宝霞回去了。

到了罗三猛家门口，宝霞没进去，把王倩喊出来办了个交接，说："人还给你了，全须全尾的。"

晚上，王倩在罗三猛身边默默地躺了许久没睡着，她知道罗三猛也没睡，黑暗中，王倩声音颤颤地跟罗三猛说："咱俩离了，你跟着宝霞过吧。"

罗三猛说："没那必要，咋过都一样。"

王倩说："能一样吗？欠了她那么多钱，拿啥还啊？"

罗三猛说："有啥好还的，也不是旁人。再说宝霞要带孩子出去，这个小县城装不下她了，外头海阔天空的，她带我这个病恹恹的半老头子有啥意思？"

王倩一愣神："宝霞那架势，命都能给你，难不成嫌弃你得这病？"

罗三猛摇头，兀自一笑："你不懂。"

王倩说："我有啥不懂的？再说你嘴再硬我也知道，你俩早那个了，宝霞那闺女是你的吧？我生儿子那天晚上，你俩……要不是我死命拦着，你跟她老早就在一块儿了。"

罗三猛又笑笑，没辩驳，也没承认。

12

是的，王倩不懂，罗三猛也不想说，罗三猛跟宝霞从来没那个过，从来没有。除了宝霞十九岁那年把自己塞进罗三猛的怀里，完后两人连嘴都没亲过。

在身体上，宝霞从来没属于过罗三猛，但罗三猛知道，自始至终，宝霞都是他的女人。她一个人也好，在谁身边也好，在宝霞的生命里，她13岁那年就把自己定义为了罗三猛的女人。

罗三猛也一样。

罗三猛觉得这辈子，他跟宝霞虽然没能花好月圆，但他们真的都为对方拼尽了心力。

宝霞13岁那年，罗三猛为了宝霞不被欺负胖揍了她弟，转头自己也被他爸收拾得腿瘸了好几天。

宝霞16岁那年，他们头一回在树林子里亲嘴，宝霞不让，罗三猛硬是在男人最冲动的年纪克制住了爆棚的欲望。

宝霞19岁那年，罗三猛再次克制住了一触即发的冲动，克制着内心疯狂的疼痛，让宝霞完好地嫁了旁人。

之后几年，罗三猛胡作非为，但谁都不娶，宝霞则想尽了办法不让自己怀孩子，为了罗三猛，宝霞不惜自毁，用尽心机。终于被离了婚，宝霞成了自由身，不想罗三猛却娶了旁人有了孩子……

宝霞离婚后，为了护住她的幼儿园，罗三猛拿了命来拼。

那晚罗三猛的摩托车被石子颠了一下滑出去，多少是他心里存了故意。为了能重新跟宝霞在一起，罗三猛在某一刹那泯灭了良知，连血脉骨肉都舍了出去。

代价过于昂贵，就算罗三猛没有清醒，宝霞也清醒过来，她能从王倩手里抢回罗三猛，却不忍心伤害无辜的孩子，转头干脆利落地结了婚。

婚很快就离了，女儿是她第二个男人的。这场婚姻，宝霞要的也不过就是一个孩子。她的心不在男人那里，男人很快察觉，跟宝霞离了婚。

之后就是罗三猛查出恶疾，宝霞心无旁骛地把罗三猛从死神手里抢了回来……

该做的不该做的，他们都为对方做了。

一对恩爱夫妻，所能给予彼此的也不外如是，不过他们没有名分，没有形式，但从里到外，见与不见，罗三猛跟宝霞，都属于对方。

彼此忠诚、坚贞，从没有过任何疑心和猜忌，充满信任感。

值了。

第五章

患难真情

Five

格子妈的旧情人

1

那时候格子还小，四五岁，不知事，吃饱饭就人生安好，如果再有点儿零食就觉得过的是天堂的日子了。

因而那时老廖每次去家里的日子，就是格子的天堂日。格子妈会超级大方地拿出一张绝不会低于五元的大额钞票塞给格子，让她去村头的小卖店买零食。

格子妈每次还要叮嘱格子，路上慢慢走，想吃啥买啥，坐在那里吃完再回来。

格子答应着，捏着钱一溜烟儿跑出去了，哪来得及慢慢走。她要一直等到了商店，至少两包虾条一瓶汽水下了肚才能慢下来。然后格子会再买点那种捏起来软弹软弹的彩色棉花糖，再买袋话梅味儿的瓜子，再加一瓶汽水……

格子就那样坐在小卖店门口的台阶上慢慢吃，吃一会儿喝一口汽水。等把这些东西全部吃完，格子的小肚皮鼓起来，她再慢慢走回去，差不多两小时就过去了。

格子到家，老廖早就不在了，格子也根本记不起这回事。只知道那个时候妈妈很高兴，会笑眯眯地看格子半天，还会把床单什么的用好闻的洗衣粉洗洗，晾在院子里的日头底下。

晚上格子睡上去，梦里都是好闻的味道。

所以，在不知事的年纪，格子是喜欢老廖去的，她会朝着他有点儿讨喜地笑，叫一声廖叔。何况老廖还给格子买过花裙子，一层层纱的那种，从外面买回来的，村里没有别的女孩穿过。

其实老廖那时候也不老，也就三十出头，除了黑点儿，长得也不错，大眼睛，眉毛又黑又浓密，高高大大，英武雄壮。

反正格子一点儿也不讨厌他。

老廖七八天会去格子家一次，偶尔也会很长时间不去，半个月或者一个月不去。反正格子觉得老廖不去的时间很长，长到她路过小卖店就会流口水。

并且老廖很久不去，格子妈的脾气就会变得很差，她脾气一差就骂格子那个挨千刀的爸，骂格子爸烂命一条扔在煤井里，把她们娘儿俩丢到世上挨穷。捎带着她也骂格子，因为格子是格子爸的种。大概就这些，格子妈骂得格子大气儿都不敢出。

好在老廖终究会再来，甚至会连着两三天都来。格子那两三天就像住进了天堂一样，吃得满面红光、满嘴流油。

2

那是一段幸福的时光，但是很短暂。

没多久，格子进了学校，突然之间有些事，她有些明白过来。其实格子也不是自己想明白的，而是在外人的说三道四中听明白的。

比如小卖店的老板娘，每次格子去买零食，她就笑嘻嘻地一边给格子拿东西一边问："是不是你廖叔又来了？格子，你廖叔给你妈钱了没？给了多少……"

路过的人家，有大人看到格子也指指点点地偷笑。

老廖有一辆很庞大的摩托车，每次进村老远就能听到声响，轰轰隆隆的，跟宣告什么似的。

起先格子还对小卖店肥胖老板娘翻过白眼，后来格子不翻了，不光不翻，格子死活不再去了。

格子妈也基本不需要格子再去小卖店了，格子上了学，家里大多时候就格子妈自己，老廖想啥时候去就啥时候去。

但格子在学校里是知道的，总会有同学跟她说："格子，你廖叔又来找你妈了！"小孩子边说边笑，一知半解地嘲讽和鄙夷。

格子在醒悟后被一种跟年龄完全不符的巨大羞耻感淹没了，紧随羞耻感而来的就是对老廖满腔的恨。格子本能地没恨自己的妈，她就这么一个亲妈，相依为命，不是她恨的对象。

格子就是恨老廖，是他主动上门来的，还来得那么声势浩大那么嚣张。想起以前老廖来家里时，还扯扯她的头发捏捏她的脸喊她闺女，格子就想吐，她恶心老廖也恶心自己。

但格子不能跟她妈说什么，格子一清二楚，她还没有跟自己妈对话的资本，她只能对付老廖。比如知道老廖来了家里后，有好几次格子一声不吭地从学校蹿出来，拿着同学又破又锋利的裁纸刀，偷偷溜回家，对着家门口老廖的摩托车一通糟蹋，划烂车座和轮胎，能弄坏的都弄坏。有一次老廖没办法，骂骂咧咧地撅着屁股推着摩托车走的。

起先格子妈不知道是格子干的，也跟着骂了两回。后来格子妈发现了真相，把格子拉回家一顿暴揍。

格子咬牙不吭声，把这笔账记在老廖头上。

在格子大概三年级的时候，她在大一点儿的男生那里讨教了一下，做了件惊天动地的事儿：格子把老廖的摩托车给点了，老廖的摩托车在冲天火光里爆炸了，炸响了全村。

格子听着剧烈的声响，心里爽快死了，也等着她妈找她算账。但那次，格子妈一个指头都没碰她。

老廖的摩托车烧得只剩铁架子，那天下午格子妈把铁架子拖进院里扔到一角，对走进门的格子说："你能耐了，妈服你。"

那以后，老廖再没来过家里，格子年少的心放松下来，但放松的时日并不长。

· 3

格子妈跟老廖是在镇上一个小破宾馆被老廖的前妻堵上的——不去家里后，老廖跟格子妈改去镇上那个小破宾馆幽会。

那时候老廖已经不开大货车了，他自己组了个车队当了老板，还买了辆小轿车。

老廖大概怕格子把他的轿车给烧了，也不差那两个钱，所以果断转移了阵地，结果没几次就被自己的前妻堵着了。

说是前妻，其实也跟老婆差不多。因为老廖和前妻有两个儿子，好像是前妻精神有点问题坚持要离的，离了后前妻又反悔，把老廖揪了回去，又跟以前一样住一块儿。

因此格子妈虽然在理论上是和老廖自由恋爱，但在大家伙儿眼里，她一直是令人不齿的“小三”，也因此老廖的前妻堵格子妈时，堵得理直气壮。

老廖的前妻其实早就知道老廖跟格子妈的事儿，但那时候老廖穷，兜里没几个私房钱，前妻就没上心。现在不一样了，老廖也算镇上小有名气的老板了，前妻当然不能看着老廖把家里的钱私拿出去。

睡她的男人可以，但又睡又拿钱不行——老廖的前妻动动脚趾都能想出来，一个带着孩子的寡妇，指定是冲着钱才跟老廖睡的。

所以，老廖的前妻就出手捉奸了。

老廖的前妻当然是有备而来，七大姑八大姨喊了一群人。

据说在小破宾馆的床上，这群人把赤身裸体的老廖从格子妈身上掀翻后，一个指头都没动他，直奔格子妈而去。

等警察赶到的时候，格子妈已经被打得不省人事。送到医院检查后，格子妈除了皮外伤，还断了一根肋骨。

格子在镇卫生院看到自己满身伤痕的妈，又心疼又气，憋了老半天，说：“妈，你再跟他碰面，我就死给你看。”

格子说：“我上吊，就像我的奶奶那样。”格子的奶奶是上吊死的，格子出生前她就死了，格子没见过奶奶，但知道她。

格子说得不快，但很坚决。格子妈原本就因失血而苍白的脸瞬间更白了，半晌没说话，闭上眼睛用病床上的被子蒙住了脑袋。

格子好像听到她妈在被子底下哭了，声音很小。

那次事件的结果是格子妈出具了谅解书，老廖的前妻和当时动手最凶的两个人从拘留所出来了，老廖赔了格子妈一笔钱。

这次老廖的前妻倒是没能拦住老廖往外掏钱。

格子妈拿了钱，这回，跟老廖算是真断了。

4

格子知道她妈跟老廖断了，在她妈伤好了之后，她曾经连续逃课七八天跟踪她妈，没发现她妈跟老廖联系的蛛丝马迹，然后格子听消息灵通的同学说，老廖也不在镇上了，他们全家都去了县城，在那里买了房子。

老廖要开公司。

格子才不关心那些，只要她妈不再跟老廖来往，天下太平。

后来的七八年，靠着老廖的赔偿金，格子跟她妈倒是也活了过来。然后读完初中，格子就跟着几个同伴去县城找事儿干了。

格子的成绩很差，不是读书的那块料，吃苦倒是不怕，快餐店服务员、保姆、钟点工、促销员、超市搬运工……她都干过。

三四年后，20 岁的格子才在一家服装加工厂安顿下来。

格子妈已经四十多了，这几年，格子也不知道她妈怎么了，老得厉害，脾气也不大了。每次格子回去，格子妈除了做些格子爱吃的，也不怎么说话，经常会发呆。

格子知道城里四十岁的女人都还扎丸子头、穿背带裤，扮嫩得厉害，她妈却好像提前进入老年，说不上来的暮气沉沉。

格子有点心疼她妈，每个月工资一开，大部分都交回去。

格子妈每次都说：“我不花，给你攒着当嫁妆。”

格子也给她妈提过，让她找个好点的人家光明正大再嫁，但是格子妈死活不乐意。格子知道她妈心里还惦着老廖，又没法撕开了说，毕竟她妈已经够可怜了。

格子妈把格子给的钱攒到七千块钱的时候，因为老是肚子疼、下面经常莫名其妙出血，格子带她来县医院做检查，查出来宫颈癌。格子彻底傻眼。

倒是格子妈淡定得多，没太吃惊也没太难过害怕，好像爱咋咋地豁出去了，说命就这样，没办法。然后，格子妈就要回家。

格子妈拒绝做手术，她们全家的存款还不到一万，哪有钱做手术？就算有钱格子妈也舍不得做，这两年得这种大病的人多，村里每年死一两个，谁家做手术谁家倾家荡产，还到处欠债。格子妈心里明白。

可是格子哪能干？她连自己爸什么模样都不记得，这些年就这么一个妈。格子死死把她妈按在了医院：“妈，你好歹把手术做了，活到我出嫁，我能借到钱的。”

格子最后还是凭借烧老廖摩托车的死倔和决绝战胜了她妈，掏出全部身家，办理了住院手续。

5

手续是办了，但那天晚上，格子在病房外头的走廊里坐了一夜，她一个要啥没啥的年轻姑娘去哪里借钱做手术？

因为穷，这些年亲戚都不跟他们往来。同事朋友借个三五十可以，三五百她都借不出来。没人借钱给穷人，她理解。

格子着急得一夜起了一嘴泡，第二天一早去单位想干半天活儿，把同事都吓了一跳。但谁问，格子都没说实情，说了又如何？谁也帮不上她。

后来同事都不问了，格子才偷偷跟一个平时对自己不错的大姐，把她妈的事儿说了一下。格子知道这个大姐除了对自己不错，还是个能人，天底下的事儿没她不知道的，她男人是跑出租的，跟社会上各路人都有结交。

大姐顿了片刻，然后四下看看，压低声音问格子："要是让你去洗浴城，你去不？"

格子一愣神，脸唰的一下红了。

大姐赶紧说："你别想歪了，就是站在门口做做迎宾，不会有什么非法活动。就怕你一小姑娘忌讳这个，毕竟是容易生闲话的地方。当然也就因为这，那儿工资挺高的。"

格子犹豫几秒，确定地点点头。

格子说："管不了那么多了，给钱多就行，大姐，你帮我联系吧。"

大姐说："那我就给你牵个线。"

格子说："那你快点儿，我妈那里可等不了。"

两天后大姐就给了格子确定消息，确定到连详细待遇和上工时间都给了格子。

格子说："谢谢大姐。"

大姐说："放心，我不会告诉任何人。"

格子说："我知道。"又说，"谢谢大姐。"

然后格子就进了那家洗浴城。格子走在路上觉得这种感觉就跟她10岁的时候烧老廖摩托车的那种感觉一样，破釜沉舟，视死如归。

6

主管给格子单独训了会儿话，让她换了件很贴身很性感的旗袍，然后把她领到大厅。

有熟客远远地招手，主管便扭着臀风摆杨柳般娇笑着走了过去。格子没有犹豫，有样学样地跟上。走到那熟客跟前时，格子定住了，熟客居然是老廖。

三十出头和四十多岁的老廖有变化，但变化不大，胖了点儿，白了，但依然浓眉毛大眼睛，高高壮壮。

格子差点夺路而逃，本能朝后一转身，被主管一把拉扯住了。

主管说："你跑啥？"

格子只好面对老廖。显然，他没认出格子来，10岁到20岁，格子变化太大。但转瞬，老廖的眉头微微蹙起来，他看着格子，狐疑地说：

“我怎么觉得认识你呢？你叫啥？”

格子没吭气，她说不出口，进退两难。

老廖的眉头又皱了皱，是在思索。

格子开始祈祷老廖最好别认出自己，稍稍镇定下来的格子，脑子又开始被手术费占据，她需要这笔钱。

但格子还没祈祷完，跟前的老廖突然抬起手照着格子就是一巴掌。

老廖惊呼：“你是格子！”

然后老廖也傻眼了，他出手太快，完全出于本能，也真使劲儿了。

格子感觉到左脸颊骤疼之后，左侧口腔内一阵咸腥，她抬头看了老廖一眼，没吭声。

老廖说：“你这是作死呢，这地方是你一小姑娘能来的吗？”

格子噗一声，吐出一口带血的唾沫，说：“我又不犯法，没什么不合适的。”

格子不想跟老廖说她妈的事情，这个当年她就恨过的男人，如今也一样恶心。

格子是真恶心他。

7

老廖却没让格子再多说一个字，站起身来三两把就把格子推出了门。老廖在门口说：“你给我滚回家去，如果让我知道你再来，我找人打断你的腿。”

“滚！”老廖怒吼的声音差不多穿越了整个娱乐城，吼得格子一阵哆嗦。

没办法，格子走了，也没坐公交车，大老远的路，她慢悠悠地朝医院走。

格子害怕走回去面对自己的妈，她没本事弄到钱，还惹了这档子恶心的事儿；也害怕脸上的印子消不去，没法跟她妈交代。

格子就这么惆怅又绝望地走了差不多两个小时，快走到医院的时候，接到了护士站打来的电话。对方跟格子说，格子妈的手术预付费已经交过了，让格子赶紧去医院，医生要跟家属交代一下注意事项，定一下手术时间。

电话挂断了半天，格子才反应过来，也不管脸上的手指印了，撒腿就朝医院跑。

护士告诉格子是一个中年男人交的钱，不仅交够了手术费，还在护士站给格子娘儿俩留了三万。然后，暂时保管这三万块钱的护士想起来什么，跟格子说："对了，对方留了个口信，说是你廖叔给的，让你照顾好你妈，有啥事再去找他。"

半天，格子说："谢谢。"

当然是老廖，格子想到了，除了他还能有谁呢？格子没想到的是老廖会这么干！格子把钱塞进包里，感觉左侧脸颊依旧火烧火燎地疼，老廖真舍得使劲儿，看样子是气晕了。

格子摸着腮帮子，想起来前两天单位大姐还说："那些老去洗浴城的客人里，有个男的挺有意思的。男人原来有个相好，好像感情挺好，是准备结婚的。后来男人的前妻拿着俩孩子的命，逼男人跟相好断了，说要是不断她就带着俩孩子跟那个女人同归于尽，男人就跟相好断了。他和前妻复婚了，却开始天天来洗浴城，也不干啥，就是聊聊天什么的。不知道他是待在家里没劲儿，还是为了气他老婆。他老婆却不管他了，反正有名分有钱就行……”

大姐说：“我听我老公讲，他出手挺大方，洗浴城的姑娘都稀罕他，你要是遇上他，可就算运气好了。”

当时格子也不知道到底有没有那么个男人，更是半点儿都没往老廖身上想，她早把老廖忘了。直到那当儿，老廖一转头，格子觉得人生是何等的冤家路窄啊，真能把人逼死，却也置之死地而后生。

这次，格子没能拒绝老廖。这次，格子也没想拒绝老廖。

格子决定去病房跟她妈说一下实情，格子觉得，这样她妈兴许能变得勇敢些，有点儿信念，能好得快一些。

格子想好了，她就跟她妈说：“呃，那个谁，廖俊有其实挺爱你的。”

老廖的全名，叫廖俊有。

生病的乳房

1

田桂芬左胸上长了个东西，是高二林发现的，确切地说，是高二林摸出来的。

那天晚上高二林的手在田桂芬左胸摩挲了片刻后突然停了下来，停在左上方一小会儿跟田桂芬说：“这里好像有个小硬块儿。”

田桂芬在混混沌沌中嗯了一声。

高二林说：“我跟你说真的呢。”

田桂芬这才翻了个身，伸手摸了一下高二林说的那个地方，果然有个硬块儿，还不小。

第二天田桂芬就去做检查了。

也不是田桂芬胆子小，两个月前田桂芬的表姐因乳腺癌去世了，才 42 岁，而田桂芬也已经 36 岁了。之前田桂芬去医院看了表姐几次，跟表姐同一个病房做了手术的，还有个 22 岁的小姑娘。

田桂芬心里是有忌惮的。

高二林要陪她一块儿，田桂芬没让，说就是做个检查，自己去就成了。高二林知道田桂芬说一不二的性子也就没坚持，但高二林不知道，田桂芬之所以不让他去是觉得他去不合适。

说到底，田桂芬和高二林之间既没有名分，也从来没明确关系。说好听了，可能旁人觉得他们是在谈恋爱。说不好听了，他们就是一对在一起厮混的男女。

厮混的男女一块吃吃喝喝，隔三岔五过个夜也就罢了，其他事情没必要弄一块儿。尤其是查病，又不是家属，真有个啥，连签字的资格都没有，陪着一块儿有啥意义呢？

田桂芬去了医院，排队等着挂号的时候，看着前面长长的队伍，心里突然就生出了一股子说不出的孤独和脆弱。田桂芬突然觉得，这样的时候，她是需要一个男人的，一个可以名正言顺又对她贴心贴肺的男人。

但高二林……他不是。

2

田桂芬对高二林的感情比较复杂。喜欢是一定有的，别的不说，就冲这两年高二林用他热情似火的身体温暖过她的夜晚，也足够她一场场地回味了。

田桂芬还记得几年前，高二林头一回去她饭馆推销他店里的干货，木耳蘑菇什么的。那时候高二林也就二十六七岁，神情还有点儿毛头小子的青涩，说话结结巴巴，还脸红。

高二林的干货店开了没多久，销路打不开，没办法只好上门推销。

好像就是冲着高二林的脸红，田桂芬要了他一些货品。田桂芬的餐馆生意正红火，盘算着开分店，少高二林那点儿东西不少，要了也不多。

后来厨师告诉田桂芬，高二林的东西虽然价格高了点儿，但货真价实，入了菜，口感不错。田桂芬就把高二林的电话扒拉出来，跟他说了定期供货的事儿。

两人就这么认识了。

之后田桂芬的分店开起来，她也就成了高二林最大的客户。用高二林的话说，她是他生意中的贵人。两人就这么渐渐熟悉了。

真在一块儿，是两年前的事儿。

3

那次，高二林去给田桂芬送货，碰巧遇上有三个中午喝多了磨蹭着不走的男人在店里撒泼，朝着田桂芬说些乱七八糟的话。

田桂芬开头还想息事宁人，把他们好好送走算了，结果他们没完没了，后来就开始对田桂芬动手动脚。

高二林扛着一箱子木耳进门的时候，刚好看到一个男人把手伸向田桂芬的胸。高二林二话没说，一箱子木耳直接朝着男人扔了过去。

双方立刻打成一团。

开始田桂芬还怕高二林吃亏，跟一个服务员小姑娘一边嚷嚷别打了一边要报警。很快，高二林占了上风，那仨浑蛋根本不是高二林的对手，又加上喝多了身形不稳，没几分钟就被高二林收拾趴下了。

田桂芬瞅着旗开得胜后把仨浑蛋踢出了餐馆的高二林，忍不住笑了。

那天晚上田桂芬为了感谢高二林，请他吃了餐馆所有的拿手菜。

两人喝了一瓶白酒。

是不是真的醉了田桂芬也说不清楚了。反正到后来，田桂芬就开始跟高二林倾诉，倾诉这些年她一个离异女人创业的不易；倾诉前夫结婚不到半年就出轨回家还施暴的德行；倾诉男人不是东西……

最后高二林把田桂芬送回了家。

上楼的时候，田桂芬的脚晃来晃去找不到楼梯，高二林干脆把田桂芬扛上了四楼，进门后往沙发上一放。

田桂芬箍着高二林没撒手……

4

两人就这么好上了。

高二林用他比田桂芬年轻 6 岁的身体，让田桂芬的人生重新得到了滋润。

除此之外，高二林还心细。他长得人高马大，心却不糙，事关田桂芬，大事儿小事儿都默不作声地在心上挂着。

但是田桂芬清楚，她对高二林的喜欢也好，高二林对她的好也罢，都不怎么牢靠——两人都是自由身，可一块儿睡了快两年了，还没有个说法。

高二林一次都没提过两人的以后。高二林不提，田桂芬自然不好张嘴。不然呢，她大他6岁，还离过婚，那不成了逼婚？怎么听都难听。

就这样，两人哪怕如胶似漆的时候，各自心里都绷着一根弦，自然而然把这个话题避开。也因为这，田桂芬对高二林的喜欢，就像一碗好端端的米饭掺进了一把沙子，硌硬得很。

田桂芬不能不认为，高二林之所以和她在一起，原因就一个，那就是她比高二林有钱。

虽然高二林也有个干货店，但不管怎么费劲，生意也就那么回事儿。田桂芬心里盘算过，除去房租和本钱还有两个伙计的工钱，每个月高二林剩不下几个大子儿。并且高二林的利润中，还有近乎一半，是田桂芬给他撑着。

如果没有这种利益关系，田桂芬不分析也清楚，比她年轻且长得好看又没结过婚的高二林，不可能会和她在一起。但是田桂芬最气自己的，就是她虽然把高二林对她感情的来龙去脉清算得一清二楚，却还是不想跟高二林分开。

说到底，田桂芬舍不得高二林。

男欢女爱的温情是一方面，寻常日子里的体贴照顾也是一方面。还有就是，毕竟这两年，人家高二林也没明目张胆地盘算过她的钱财。

甚至田桂芬有时给他买套像样的衣服，过不了多久，高二林也会买点儿能拿得出手的小首饰给田桂芬，一副不想占她经济上便宜的架势，大面上相当过得去。

因而两人的关系就这么不明不白地拖了下来。过了这些年，田桂芬对前一段婚姻还心有余悸，也不急着再赶第二次。反正高二林也没别的女人，也没做娶旁人的打算。

就算厮混，也是一对一的，那就厮混着吧。

5

好不容易挨到午后，田桂芬才终于拿着挂号单进了诊室。

大夫简单地咨询后，让田桂芬去拍了个片子，仔细瞅了瞅，跟田桂芬说，看形状，再结合她的身体症状，问题不大，应该就是普通的小囊肿，实在不放心，可以做个穿刺确定一下。

田桂芬松了口气。那是个老大夫，田桂芬相信他的诊断，至于后头说的穿刺确诊，不过是一个医生的周全，以防万一。

不过田桂芬还是决定做个穿刺再确认一下，不管怎样，彻底免除疑虑才能放心，她比医生更在意这个万一。

田桂芬离开医院坐进车里绑安全带的时候，高二林的电话打了过来，问她啥情况。田桂芬一手拿着电话，一手咔嗒一下插上了安全带，脑子突然一转，脱口跟高二林说："不大好，百分之八十的可能是乳腺癌，要进一步……"

田桂芬突然就想知道，如果这么跟高二林这个和自己热火朝天地睡了两年的男人说，他会是什么反应，是意外、震惊、悲伤……还是其他。

田桂芬话没说完，就听高二林嗷了一嗓子，嗷完之后高二林说：

“你在哪儿呢？我现在就过去。”声音急躁焦虑。

田桂芬心头一软，高二林明显是担心她，田桂芬感觉得到。不管怎样，就算他是因为利益，利益中能有这么一点儿真情分也是安慰。但田桂芬没想到高二林还不光担心，随后高二林又紧跟着说：“桂芬，咱们结婚吧。”

田桂芬顿时傻眼了。

6

田桂芬绑着安全带，在医院停车场的车里坐了好半天。高二林那句“咱们结婚吧”，在田桂芬脑子里嗡嗡作响。

但这响声带给田桂芬的不是感动和激动，而是一种不知从身体哪一处慢慢地、嗞嗞作响地冒出来的悲凉和恐惧。田桂芬一下子就验证了自己的判断，高二林对她从头到尾都是一个目的——钱。

高二林前面所有摆明的不占她经济上便宜的姿态，大面上所有的过得去，都不过是为了放长线钓大鱼，能在合适的机会，合理地拥有她的一切。比如，在她告诉高二林她得了乳腺癌的这一刻，他的第一反应是要娶她。

过了年田桂芬就 37 岁了，不光经历过一场婚姻，在高二林之前也见识过形形色色的男人。如果说多年夫妻患难与共，田桂芬信；但两年厮混，连句承诺的话都没说过的人，却突然在这时候提出来结婚，想和她患难与共，田桂芬根本不信。

高二林还是太年轻了，以为她田桂芬也是那种没脑子的小女人，危难时分有个男人挺身而出，愿意陪在身边就会感动得一塌糊涂。

怎么可能呢？高二林这句话一出，田桂芬就知道了他的所有想法。田桂芬跟高二林说过她表姐的事儿，高二林也知道一个患了乳腺癌的女人，除非是上辈子拯救过什么东西，能在手术后躲过一劫，天长地久地活到天年。否则，就算手术再成功，一多半的可能，也不过是再延长几年寿命。

就算十年吧，到时候田桂芬一命呜呼，他高二林也不过四十出头，对男人来说，还是个黄金年龄，又经济富足，想找什么样的年轻姑娘都可以。并且还不见得会撑十年，如果再短些就更好了……高二林不是想谋财害命，高二林是要等着老天拿走田桂芬的命，他捡剩下的。

想清楚了一切，当高二林出现在停车场里田桂芬的视线中的时候，田桂芬的心已经凉得透透的。

7

一个女人的心一旦凉透了，做起事儿来就有了些决绝。

田桂芬并没拒绝高二林，相反几天后，在穿刺的化验结果诊断肿块无碍后，田桂芬问高二林：“你想好了，真的要跟我结婚？”

高二林义正词严：“想好了。”

田桂芬就笑起来：“因为同情我？”

高二林摇摇头说：“不是，就是想跟你一块儿，就是害怕你会有个啥事儿，就是想能在一块儿的时间都在一块儿好了。”

田桂芬依旧笑：“何必？你这条件，找个老婆也不难。”

高二林当即不乐意了："桂芬，你这说的啥话？咱俩都一块儿两年了。"

田桂芬说："一块儿两年了，你为啥现在才提呢？"

高二林脸一红："不是那天你一说不大好，我一着急就说出来了。以前……以前没胆量，毕竟我比你穷，家庭条件也差，所以自卑嘛！"

田桂芬又笑了会儿，却没再问下去，高二林这个借口顺理成章，关键是田桂芬不想拆穿他。拆穿了，后面的戏就没法演了；拆穿了，田桂芬还怎么报复这个男人的居心叵测呢？

没登记，两人直接办了婚礼，阵势还挺大。这是田桂芬的主意。之前田桂芬跟高二林说了，她户口本搁在老家，以后随时可以领证。婚礼完了她就去住院，该做手术做手术，该切除切除，该化疗化疗……反正有高二林陪着，她不怕了。

高二林笑着说："放心，我会一直陪着你。"

田桂芬又说了，怎么着高二林也是头一回结婚，也得让亲朋好友好好地热闹一下，只要他真不介意老婆比他大 6 岁又是二婚就成。

高二林笑着说："你不也没介意我是个穷光蛋嘛。"

就这么真真假假地热闹了一天，田桂芬清醒地看着高二林兴奋地喝多了，高二林是兴奋吧？为计谋的得逞。而田桂芬也是兴奋的，为她的报复成功。

她就是要让所有人都知道她跟高二林结婚了，然后告诉高二林她的病是虚惊一场。她要让高二林竹篮打水一场空，到时候再看看他是怎样一副尊容。反正她是离过婚的人，根本不在乎这么"假结婚"一遭。

高二林就不一样了，大伙儿都知道他结了婚，然后他再从大伙儿眼里的单身男人变成离异男人，一无所获，还白白搭了一场婚姻的名分，又没后债可讨。再怎么样高二林也不好意思撕开他娶田桂芬的真相，到时候他只能打落门牙和血吞，他活该。

田桂芬就是要看到高二林一败涂地的样子。

8

可田桂芬又一次想错了。

高二林醉酒醒来的第二天早上，田桂芬忍着内心的冷笑，温和地跟高二林说："二林，对不起，我骗了你，我的肿块是良性的。我就是想知道，如果我真的患了绝症你会怎样。对不起啊，二林。"

高二林却瞅着田桂芬说："我知道，我知道你没事儿。"

田桂芬突地愣住了，半晌才问："你怎么知道的？"

高二林说："当时你跟我说了病情之后，我担心得要死，根本接受不了这个事实，想着没准是误诊，就偷偷拿着你的片子去了趟省城，反正有高铁，当天来回也快，去后我找了黄牛在肿瘤医院买了个专家号，专家看了，确定地跟我说没问题，是恶性的可能性微乎其微。"

田桂芬瞪大眼睛结结巴巴地说："那你……你……"

高二林说："我知道你怎么想的，所以干脆顺水推舟，不然我怎么娶到你呢？"说完高二林哈哈笑起来。

田桂芬愣了良久。良久后，田桂芬才问高二林："你是真心想娶我？"

高二林说："说了怕你觉得我矫情，当年我去你那里的时候，已经被十几家饭馆轰出来了，你是头一个让我坐下来看我的货，还给我倒了一杯水的老板。后来熟了，知道你离了婚，我心里头其实挺高兴，但我知道我配不上你，特别自卑。就算咱俩好了之后，我也根本不敢想娶你，怕提出来你会朝别处想，大概所有人都会朝别处想吧，更加上你也从来没表达过想嫁给我……"

田桂芬伸手戳了高二林脑门一下："高二林你是个傻子吗，这种事儿有女人先说的吗？"

然后，田桂芬的眼泪就唰啦唰啦地下来了。原来，高二林只是自卑，和她一样，因为自卑而防备，怕表达出来会尴尬、会难堪。

直到田桂芬当时一说情况不好，高二林什么都顾不上了，第一个念头就是要跟田桂芬在一起，他害怕再拖拉，真就来不及了。所以那天他的求婚是内心的真实想法，而非田桂芬臆想出的那一切。

然后高二林又发现田桂芬竟然是在撒谎，因为田桂芬的谎言，高二林看到了田桂芬的脆弱。他知道田桂芬是在试探，试探她如果真得了绝症他会怎么办。所以，高二林顺了田桂芬的水，推了自己的舟，也算阴错阳差。

抱住田桂芬，高二林说："要不，我们明天就去把证领了吧。你那户口本我早瞧见多少回了，就在你床头柜的抽屉里。"

田桂芬不好意思地笑了，心里唏嘘不已，唏嘘自己的自以为是，更唏嘘人心的复杂，竟然要经过这样的辗转和窥测，才能回归本真。

但所幸，终究他们还是回到了本心。

她的大叔

1

社长敲打吕甜，让她把老袁的自传拿下来，只要老袁满意，吕甜全年的出版策划任务就算完成。

吕甜默默撇了好几次嘴。

听着社长挺大度的，但吕甜不傻，天底下哪有好心的资本家？苦命的都是长工。这事儿听着简单，实际上绝对不简单。

再说，出版社那么多水平高的前辈，为啥这么好的事儿，落到她一个新人的头上？

吕甜自己都可以照照镜子找答案：她肤白腰细大长腿。胸要是再大点儿，她也可以靠色相吃饭了好吧。

而对方，是个把对女人的热爱写在脸上的——老男人！

重点，就在这个“老”字上面，吕甜 26 岁，而老袁已经 62 岁了。

吕甜不是瞎猜度，她已经跟老袁打了两个照面了。确切地说，是她被社长拉着跟老袁吃了一顿饭，老袁又喊着她吃了第二顿饭。

62岁的老袁是早些年的城中村大队书记，后来乘着改革开放的东风，占尽天时地利人和地搞旅游、搞学校、搞房地产，赚得盆满钵满。

现今老袁专吃投资利润，住城郊的大别墅，哪儿哪儿都透着生活的优越。社长说，老袁那别墅，沿湖，四层，室内室外安装了两部电梯呢。

总之，有钱任性。

老袁穿唐装、千层底的布鞋，头发染得墨黑，一把年纪开豪车，靠着钱也把多年前那点儿土得掉渣的东西盖严实了。

但也不过如此。

吕甜虽然没资格看不起钱，但动动小脚趾都知道，这个有钱的老男人没准不识几个字，小时候饿肚子上不起学，后来基于装点门面的需要可能学了点文化，读了几本书。

可能是老袁的虚荣心爆棚，也可能老袁年纪大了思维不那么清晰，明明要钱有钱要啥有啥的，弄个什么自传其实没有任何意义。

吕甜心知肚明，老袁就是被社长忽悠了。

平常策划一本书，从书号到出版，花不了几个钱。到老袁这里，肯定就不一样了。但吕甜是社里的人，当然不会说穿这些。老袁自己乐意，她才懒得管。吕甜操心的是，这活儿她不太想干。

老男人的目标有点过于明确了，刚见面没几分钟，老袁就拍着吕甜的肩膀说：“小吕啊，韩社长推荐你自然不会错，但是我更信自己看人的水准，聊了几句，我就觉得你有脑子。”

老袁说：“小吕，我的书就交给你了，社长不给你发奖金，我发！”

2

那两顿饭吃得，简直是和谐万分。

吕甜觉得老袁都恨不能立刻把她带回他装了两部电梯的别墅去动手了。

所以吕甜知道，她就是社长打出去换取利益的牌，出版社的高手要么是男的，要么是女的没她年轻、没她水润。

社长对老袁所好，应该是了如指掌。

但吕甜能如何？她拒绝的资本不够。硬推了，社长兴许不会开除了她，可一年的出版策划任务量也能把她压死——地主想为难长工，招数有的是。而且社长只说了让她卖艺，至少表面上也没标个价让她卖身，她能有啥办法？况且老袁也没明着说想把她咋着。

所以硬着头皮，吕甜也要谦虚加一点受宠若惊地说：“就怕我写不出高度来。”

老袁说：“小吕你写成啥样都好，我看好你。”

吕甜也只好看好自己了，一咬牙，说：“那就恭敬不如从命了。”

吕甜倒是不信了，她不愿意，老袁还真能拿她如何？老袁一个有年纪有身份的人，绝对不会乱来。

何况……吕甜的脑子不厚道地转了一圈，62 岁了，没准老袁早就不行了，也就剩那点儿色心而已。

给老袁写自传的事儿就这么定了下来，十万字，时间暂定三个月。

社长连后续福利都许了——完成后给吕甜放半个月带薪假。他还不无阴险地说："这种活儿要是公开竞争，得你们打破头抢着干。工资就不说了，润笔费没准人家也是会给的。"就跟吕甜占了多大便宜似的。

吕甜也只好貌似占了便宜般说："谢谢领导。"回去也装模作样地连夜弄了个大纲。

大纲倒是不难写，无非是从正面描写一个穷小子怎么一步步走到现在的，关键是要正面，要弘扬老袁的高风亮节。

然后按照老袁"贴身跟进"的要求，两天后社长让司机把吕甜送到了老袁位于北环以外的一个巨大的人工湖畔的大别墅里——也只能贴身跟进，老袁的辉煌都在他自己的嘴巴里，吕甜要把那些东西从他的嘴巴里拿出来，进行发挥。

去了以后，吕甜才知道，老袁那个四层的别墅，基本就他跟保姆俩人住。

老袁的老婆早就患病走了。儿子一家子住市中心，年轻人喜欢热闹便利，嫌别墅死气沉沉，偶尔周末才回来团聚一下。

保姆是个五十岁左右的妇女，老袁的亲戚，据说她面条做得好。

老袁穷的时候就爱吃面条，有钱后依旧爱吃，传统手擀面，百吃不厌。

老袁说："可以把这个写在传记里。"又说，"郊外清净，又靠着湖，空气也好，适合专心写作。"

吕甜心想，更适合男盗女娼。

吕甜进到老袁给她准备的房间后，这种念头更是噌噌地冒出来。

3

一进房间，吕甜倒抽了一口凉气。

这是一间套房，外面是工作间，电脑、桌椅、书柜、最新款苹果笔记本一应俱全。卧室里从家具到卧具，格调不说了，一水儿簇新的高档货。拖鞋都是纯羊皮的，嫩得要死的粉红色，跟卧具很搭，跟吕甜的审美不太搭，但吕甜确定她没用过那么贵的东西。

房间在一楼，朝着人工湖的湖面。

吕甜没想到那个人工湖有那么大，水那么清，房间有扇门直接连通出去，外面是宽敞的木结构露台，带栅栏的木栈道一直延伸到湖面。

这华丽过度、分量超重的糖衣炮弹，差点闪了吕甜一尺八的腰，她刘姥姥进大观园般惊愕了半天才说："袁总，这太添麻烦了。"

其实吕甜想说，这太……贵了。

老袁呵呵两声："就当自己家，随便些好了。"

吕甜心里也呵呵两声，然后她扫了一眼穿衣镜中的自己，第一次觉得长成这个样子也挺烦人的。吕甜还记得她的初恋男友说，哪怕她再端着再谨慎，那细腰长腿，也一股子一股子地往外冒着让男人垂涎的气息。

吕甜倒是没想到，她还能让六十多岁的男人垂涎。

而老袁说着话就把手搭在了吕甜的肩头，好像极其随意地带着她朝湖岸走。

吕甜装作无意地一撤身，老袁的手就从她的肩头滑落了——他垂涎她可以，但她半点儿也没垂涎他，哪怕他的钱多的是。

吕甜真的只想卖艺。怎么说她也是个文化人，在这个世道，虽也偶尔活得狡猾无赖，耍小聪明贪小便宜，但也有底线。

吕甜也半点儿不想贪老袁什么。

老袁比吕甜的老爸年纪还大很多，虽然老袁保养得不错，有些发福，一张脸显得油光水滑的，但那油光水滑里透着虚浮感，尤其他伸过来的手，手背上有一粒粒清晰的老年斑。

怎么看老袁都是老人了，不过是个有钱的老人罢了。

她吕甜不是亦舒笔下的姜喜宝，没有想开到要依附老男人发家致富的程度，也无发家致富的志向。

所以，警惕的序幕早已拉开，无论如何，她不会让老袁上手。

4

所幸，有一点吕甜料准了，她防备的姿势摆好后，老袁没有太过分。

毕竟老袁的年纪和身份在那里放着，所以吕甜一提开始工作，老袁便也装模作样地进入状态，把提前准备好的文字档案、照片，以及多年前电视采访的资料，都交给了吕甜。

吕甜抓紧时间整理了一下，根据老袁的辉煌经历，重新写了个采访大纲，把他的人生分了四个阶段，让老袁过目。

老袁满意得不得了，倒是让吕甜不用太着急。

吕甜哪能不着急，这么华丽丽的别墅，晚上把房门锁上好几道她都睡不踏实，半夜听到风吹着湖面的芦苇唰啦唰啦的响动，她都能惊出一身冷汗。

吃饭的时间吕甜也用来做采访，老袁想说点儿别的，她就迅速把话题拉到他的辉煌人生上。但吕甜没料到，有一次老袁扯着扯着，会把话题扯到女人上面，跟吕甜说了一段他长达数年的艳史。

对方是一个剧团的演员。

当年，剧团的行情每况愈下的时候，老袁的事业正风生水起，有次搞活动，请了剧团当年最红的小花旦演了几场地方戏。

老袁这个年纪这种出身，对地方戏还是有深厚感情的。

演完后，花旦就跟老袁好上了。

那时花旦还没离婚，她男人也在剧团工作，没啥活干，基本吃闲饭，明明靠老婆养，脾气却很大，喝多了就怀疑老婆的钱来路不正，脏话连篇不说，还动手。

花旦说："干脆我就不正给他看看。"

老袁就配合着三十出头、下了舞台也风情万种的花旦，给花旦的老公戴了绿帽子。那时的老袁四十来岁，不年轻了，但依旧血气方刚，不仅把花旦睡了，还用自己的能量让花旦的男人跟她离了婚。

后来，花旦就一直跟着老袁，丰衣足食地过了十来年。

吕甜在听完老袁这段漫长的艳史后，随口问了句："现在呢？"

老袁说："呃，现在她年纪也大了，对'那事儿'也没啥想头了，跟闺女去了加拿大。”

吕甜的脸噌地红了一下，“那事儿”在六十多的老袁嘴里说出来，那么自然随意，好像对他来说，跟吃手擀面似的那么寻常。但脸红之后，吕甜却忍不住想了一下，老袁对这个女人倒也长情，也不是黑瞎子掰苞米那种薅一个扔一个的男人。

老袁则瞅着吕甜说：“女人嘛，也不是只有一条路能走。”

半天，吕甜点点头说：“也是。”

吕甜真的觉得也是，比如那个剧团演员，跟了老袁的那条路，未必是人生最差的。

至于道德水准，吕甜没那么古板，那不能当饭吃。

5

眼下吕甜关心的是，这要写在自传里吗？吕甜就问了一句。

老袁笑起来：“无妨，随你。”

吕甜真惊了，说：“这……家人不看吗？”

老袁呵呵笑起来，笑了半天说：“我欠你们社长一个人情，以前他在报社的时候，帮过我的忙，现在弄这本书，人情算是还了。写啥，写成啥，花多少钱，印多少本，谁看，有什么要紧？不过是人情还得好看点。都是在外面混的，避不开这些套路。”

吕甜突然抬头看了老袁一眼，没有人的成功是仅靠着运气，文化程度低不一定智商低。她检讨了一下自己。

而她吕甜，的确就是摆在两个男人利益棋盘上的一颗棋子。但吕甜没觉得自己被戏耍了，老袁对她这颗棋子，还是仔细着认真着轻拿轻放的。

吕甜不能忽视这一点。

至于老袁对她那点想头，吕甜突然觉得也没什么可介意的。她跟这个老男人的关系怎么走，在她，不在老袁。她不松口，老袁怎么惦记都是白惦记。

惦记，是老袁的自由。

坚守，却是她吕甜的权利。

如吕甜所想，老袁确实没那么不堪，半点没来横的。

人家老袁的姿态是，该说的话，有一句没一句地放在那里，把坑挖好，然后站在旁边看着，你吕甜爱跳不跳。

人家不需要来横的好吧，吕甜在糖衣炮弹的包裹下没法不明白，老袁如果单纯惦记她那点儿姿色，靠经济实力，别说他 62 岁，就算 82 岁也一样不缺好吧?

所以吕甜明白，老袁好色，也有原则。

吕甜可以不接受，但要知情。

吕甜就把这知情放在了手下的活儿里，不到一个月，弄出了七八万字。再塞塞图片，老袁的自传也就差不多了。

6

但吕甜万万没想到，她这边收尾的时候，社长那里出事了。

因为经济问题，社长被一个副社长实名举报，没两天就被查了个底朝天。连吕甜都能想出来，社长百分之百有问题。

老袁比吕甜知道得更详细，跟吕甜说了句："劝他多少回了，不听。"

吕甜没吭声，她倒不关心社长，她关心的是这个收尾的自传咋整，但她不好主动问老袁。

老袁也没等她为难，停了半晌说："书稿的事你别管了，现在的问题是，他出事儿，影响你的工作不？"

吕甜愣了一下，这点她还没想。

吕甜平时跟社长没私人来往，也就是这一次，被社长当了回棋子。社里肯定会有非议，吕甜怎么也快一个月没坐班了。影响是有的，倒也无妨。再说，吕甜也无能为力，所以管它呢。

见吕甜半晌不吭气，老袁哦了一声，说："这样，你先回去歇几天，调一家出版社吧，我跟文艺社老总也有点儿交情，不算啥。"

吕甜愕然。文艺社，她敲了两次门没敲开，之后她才转投了这家。结果到了老袁这里，一句话的事儿。

不知怎么，吕甜就是万分相信，老袁不是骗她的，他没必要，但客气话还是要说的，吕甜说："会不会太麻烦？"

老袁说："会有点儿麻烦，但不会太麻烦，就当付你稿费了，你看可行？"

吕甜差点脱口说，太行了。

再看老袁的时候，吕甜感觉他就是个圣诞老爷爷。

这些日子，看出吕甜的防备，人家老袁连摸摸捏捏都懒得了。

吕甜突然就有点惭愧，觉得跟老袁的棋局比起来，她连个车马炮都算不上，也就是个小卒子。

吕甜一周后就跳了槽，不久手续也办了过去。

书稿的事儿，老袁再没提。吕甜知趣，也没问过，那本来就不是老袁主动的事儿，扔了就扔了。

不过，吕甜无论如何不能就此把老袁扔了，过河拆桥的事终归太烂。

于是隔个两三天，吕甜会给老袁打个电话。

老袁每次都呵呵地笑："吕甜啊，有空来玩啊，来之前打个电话。"

吕甜每次都应着，吕甜也就是应着，没了书稿当媒介，吕甜根本不知道她去找老袁做什么。

老袁就那么在吕甜生活里横亘着，吕甜知道还没结束，她只是不知道，怎么才能结束。

7

吕甜差不多俩月没跟老袁见面，天凉了下来。

吕甜爸带着她爷爷从老家县城过来那天，是霜降。

吕甜爷爷76岁了，前阵子胃不舒服，做胃镜，结果胃部没啥毛病，却意外查出了食管癌。

食管癌的治愈率比较高，又是很早的早期，吕甜爸咨询了好几家医院，都建议做手术，但建议做手术的医院，都没接诊。

吕甜爷爷肺功能不太好，反复测试，单肺肺活量不足800。这个数字意味着没法开胸，一开，人就完了。

吕甜听她爸简单一说，哭得稀里哗啦。隔辈亲，吕甜比爱她爸妈更爱她爷爷。

吕甜跟她爸说，去北京、上海，出国也行，砸锅卖铁也得给她爷爷做手术。不然，大夫说了，也就半年，癌细胞把食管长死，人就活活饿死了。

这些听得吕甜疼得心尖子乱颤。

那天老袁打电话过来的时候，吕甜还正颤着，一听老袁开口，不知怎么，哇一嗓子就号了出来。

老袁一直等吕甜哭够了，才说："出事儿了？跟我说说。"

万能的老袁，两天后就把吕甜塌了的天给撑回去了。

在宴请省城肿瘤医院某知名专家的饭局上，专家轻描淡写地告诉吕甜，吕甜爷爷可以不用开胸，颈部拉一刀，腹部拉一刀，避开胸部，手术一样做。

吕甜腿一软，差点给老袁跪了。是的，吕甜不想跪专家，只想跪老袁。

是老袁让她和专家面对面，没有老袁，她跟专家、跟爷爷的命，隔着的就是千山万水，累死吕甜也跨不过去。

老袁厚道地跟眼泪汪汪的吕甜说："别想多了，我还欠你稿费呢。"

吕甜简直羞愧难当，她那个水平，罗列了几个狗屁字，在老袁这里换了全世界。但羞愧和感恩她一时半会儿都顾不上了，眼下，爷爷的命要紧。

8

手术很成功，专家亲口对吕甜说，虽然这手术有缺陷，不能清理淋巴，但好在是早期，应该问题不大，老人家饮食上受点罪，但至少五年不成问题。

吕甜眼泪汪汪地听着，腿软心热，脑子里一半是病床上的爷爷，一半是“圣诞老人”老袁。

吕甜爷爷一出院，吕甜就去了老袁那里。

这些天吕甜终于知道了什么叫无以为报，啥别扭都没了，吕甜如今一万个愿意对老袁以身相许，不单单是回报，吕甜就是说不出的愿意。

老袁却没给吕甜以身相许的机会，在老袁偌大的别墅里，在说了几句吕甜爷爷的身体情况，在吕甜伸出手把老袁宽阔的身体揽在她娇嫩的臂弯里之后……

之后老袁把吕甜的手掰开了，他慢悠悠地说：“妞啊，我发现我不行了！”

吕甜缠在老袁身上两条藤一般的胳膊，突然僵硬了。

吕甜抱了老袁半天没松手，后来老袁呵呵笑起来，摸着吕甜脑袋说：“开始，见到你的时候，我是真想来着。呃，当年见到剧团那个，也是那么个念头——得把她睡了。一个男人想睡一个女人，憋不住，但这回，憋不住也得憋住了，哈哈。”

老袁说得赤裸裸，吕甜却一点儿都没难为情。

曾经，吕甜也想象过六十多岁的男人的身体，一定是松弛的、瘫软的、不堪的，就像她最初想的，没准老袁不行了。

老袁果然不行了，吕甜却没有半点“如我所料”的得意，心底生出来的，全然是煽情的“我生君已老”的遗憾。

那个她曾经想象过的不堪的身体，救世主般给了她一次次救赎，却连让她见识一下的机会都没给她！

一瞬间，吕甜觉得她的年轻、她所谓的文化素养、她那点骄傲和自负，在人生的真刀真枪面前，一文不值。

老袁过的就是真刀真枪的人生，欲望赤裸裸，想要什么，财也好，色也罢，就拿了自己的本事去换，换不来，愿赌服输。

当然不高尚，但也没什么卑鄙的。

吕甜觉得是她有幸，在老袁赤裸裸的欲望里打了个滚。

如今，吕甜一点儿不想全身而退，却只能全身而退，吕甜都能想象得出来，日后无论在哪个男人身边，她心里，都会滚一滚苍老的老袁。

一个如此重色的男人，从不行了开始，会老得很快吧？

想着，吕甜就窝在老袁怀里哭了。

第六章

你终于混成了她的路人甲

Six

终极情敌

1

遇到江铭那年，我 28 岁，江铭 35 岁，他已婚七年，有一个 4 岁的女儿。

七年，恰好是“痒”的时间。

江铭说：“我不想随俗，可妖精为什么总像掐好了表一样，出现得不早不晚？”

说话的时候，江铭开始抚摸我的头发我的脸我的脖子我的锁骨，宽厚的手掌像一条迫不及待的泥鳅，一路向纵深处隐匿，直到我奋起还击，反客为主。

江铭并不花心，相反，他是个老实人。

我们是同事，我刚进公司不久时，一大帮人在一张桌子上聚餐，席间有个大姐聊起，她旧情人前几天曾经来找她，但当初是他出轨抛弃她的。

大姐很愤怒：“做了那样的事，他还敢硬着头皮又来见我。”

我不动声色地搭了一腔：“那他该硬着什么来见你。”

一桌子人顿时笑开了锅，个个前仰后合，只有我对面的江铭，仍然正襟危坐，茫然四顾，半晌愣愣地附和：“是啊，来找你很正常啊。”众人又是一番哄笑。

那一秒，我突然就对他有了兴趣。像所有早熟的女生一样，我遇到过很多男人，大部分经历丰富久经风月，交流起黄段子来可以三小时不重样，像这种单纯到傻气的，没有遇到过。

我知道他有妻有女，但这并不妨碍我发起攻势。反正我要的不过是一时的快乐，说人话叫“约炮”。

在我看来，死守某个人简直是对人性的屠戮。更重要的是，就算你想守，守得住吗？我6岁时目睹我爸被我妈捉奸在床，23岁时亲自将初恋男友捉奸在床，从此深深地明白一张纸或一堆海誓山盟，都是多么不靠谱。

那天下班后，看江铭在加班，我也故意留下来。他问我为什么还不走，我几步跃到他身后，用双手环住他脖子：“因为我想陪着你。”

他张口结舌，反应过来后赶紧挣扎：“别这样，万一被看见了……”

“你的意思是要是没人看见你还是挺享受的，对吗？”

他窘得说不出话来。

他一定从未经历过这样的挑逗，脸上的汗一颗一颗地往外冒，像小孩子夏天冒痱子。我淡定地抽出一张餐巾纸盖到他额头上，手指隔着那薄薄的一层纸，在他的肌肤上画圈，直到他紧张的眉眼终于松下来。

在走进我的单身公寓时，他在门口停顿了。

我说："你不用怕，我不会伤害到你的家庭的，我保证。"

他的表情骤然放松，毫不掩饰他的兴奋："真的吗？"

我忍住笑："真的。"

一直到战争结束我都还在想，这个男人怎么这么天真，连矫情都不会。我又想，连这样的男人都可以背叛婚姻，男人可真够靠不住的，这样想着，心里突然有淡淡的悲伤。

2

我没有料到自己会陷入其中。

江铭真的和我以往遇到的所有男人都不同，包括在床上。

他大约是缺乏经验的，所以行动起来毫无技巧，但他用力气和决心弥补了这种不足。在一次次的汗水和汗水相融、快感和痛感叠加里，我渐渐沉溺。

而下床后，他会帮我整理杂乱的冰箱，修理一转就咔咔直响的洗衣机，把地板拖得像镜子一样锃亮。他甚至把地板上一小块油漆脱落的地方都用补漆笔修补了，丝毫没有因为不是自己的地盘就懈怠。他还给客厅添置了一小块地毯和一对小音箱。周末的下午我们依偎着坐在地毯上，听着音箱里飘出来的舒缓的钢琴曲，阳光像金子一样在窗外闪耀。我突然就对此时此刻此人，生出一种前所未有的眷恋。

父母从未间断的催婚，大约也是一个原因。不同的是以前他们每次提这个话题，我的反应都是烦死了。而现在他们一说，我就立马条件反射般想到江铭，如果一定要我嫁一次，那就嫁给他吧。

我开始试探。

某晚他爬起来要走时，我不要脸地摁住他，但这时候他的手机闹钟响了，他立刻停滞下来，有点慌乱地说："不行，太晚了，再晚就交不了差了。"不等我说什么，他弯下腰来，匆促地在我脸上碰了一下，火烧屁股般光速开溜了。

我的心第一次有点空又有点酸，还有点好奇：那究竟是个什么样的女人，让他如此在意。

我继续试探。

我问："你和她在一起的时候是什么样的？她是不是比我更让你快乐？"

让我意外的是，他浑身一震、脸色骤变，显露我从未见过的抗拒与坚定："你是你，她是她。别谈这个，求你。"

正面攻击屡战屡败，我只得"曲线救国"，千方百计黏着江铭。纪念日、七夕、我生日，特殊的日子当然要陪我晚一点再晚一点；肚子疼、头疼、感冒了、拐到腿，生病了你还不能多照顾我一些；此外的理由还有，和闺密吵架了心情不好，有个很想看的恐怖片不敢一个人看……

我没见过江铭的妻子，也对她一无所知，但我相信，丈夫在家的时间越来越少，再笨的女人也会有察觉。如果他们吵起来，我的第一个目的就达到了。

3

让我泄气的是，江铭却从来没有接到过查岗电话或者抱怨短信，有时候他自己不安心，主动打电话回家。那头的声音永远轻轻柔柔的，加班啊，那你要注意身体，我给你煮夜宵哦，想吃莲子羹还是绿豆汤，如此等等。

这是圣母吗？我可不相信有圣母。

我索性阴险地买了条白色内裤放在床头，然后趁江铭不注意拿走了他自己的。他的内裤也是白色，只是和我买的牌子不同。我就不信她能一直不闹。

然而她真的没有闹，倒是江铭把我骂了一顿："你能不能不这么幼稚？送我什么不好，送这种东西。"

他不知道他才幼稚，居然真以为我是好心给他礼物。我顺水推舟、装傻卖痴："人家不就想讨你个喜欢嘛，怎么，她发现了？"

江铭擦一把额头上的汗："发现了，幸亏我机灵，哄她说是去游泳错拿了同伴的。"

"这种白痴的借口她也信？没问你和谁去的，换错了谁的，再打电话验证真假？"

"没。"

这下轮到我的沮丧和抓狂上升到顶点，这个对手的段位深不可测，搞不清套路啊。

我缠着江铭给我讲他老婆，就算不爆床上的隐私，讲讲她在日常里大抵是怎样一个人总可以吧。

江铭敷衍地说：“她人特好。”

我当然不甘于这种模糊暧昧的表述：“你打个比方吧，你不是经常说我像妖孽狐狸精疯狗小野兽吗，那她像什么？”

江铭斟酌了半天，从钱包里摸出一张照片说：“你自己感觉吧。”

照片上的女人紧挽江铭的胳膊，前面蹦跳着他们的女儿，很温馨的合家欢场面。女人不算漂亮，但端正清秀，细细的眉毛和弯弯的眼睛，面上流转着甜蜜的、平和的笑意。这笑像一根针，猝不及防地插进我心里，我感到自己的气场噗地散了，居然无法挑剔和厌恶她。

江铭很得意：“我说了你会喜欢她吧，每个人都喜欢她。”

我把这张照片扣了下来。江铭走后，我举着它，像狼盯着猎物一样，恶狠狠地盯着这三个人，翻来覆去地想要看出什么破绽。

我还真的看出了破绽。我越看越发现，那个小女孩的长相，看起来和江铭毫不相像。联想起这个女人对江铭无限的宽容信任，我心里突然电光石火般闪过一个念头。

我把我的揣测说给江铭听，江铭大笑：“怎么可能？你说的真是天方夜谭。”

我决定赌一把，我说：“江铭，你去给她做个鉴定吧，要是这个女孩是你亲生的，那我从此不再要求其他，心甘情愿只做你的情人，要不是，那你老婆退出。”

“你要求什么其他？”江铭关注的重点和我不同。

我只好摊牌：“我爱上你了。”

江铭瞪大眼睛望了我五秒，神情远比刚刚我说到他女儿的事时恐慌。我只好重复了我的赌约，这回他严肃起来："你说话算数吗？"

我说："当然。"

4

亲子鉴定的结果是在两个月后拿到的。

过程很简单，江铭的女儿在一次玩耍时，不小心被玩具刺伤了手指，他用药棉给她止了血，然后连带她的头发，以及自己的头发和血样，一起寄到了一家私立亲子鉴定机构。

直到结果出来的前一秒，江铭都非常笃定这场鉴定的意义只在于让我认赌服输。但鉴定书清晰地写着：根据DNA检验结果，不支持受检者一与受检者二存在亲生血缘关系。

那一刻，江铭的脸色犹如死灰。

我得意扬扬："怎么样，我赢了吧。"

江铭没有答话，只把头转过去，良久，他像只受伤的野兽，发出低沉又悲伤的哀号。

他的老婆叫珊，珊和他是彼此的初恋，她出生在干部家庭，他却是地道的农民的儿子，而且老实巴交的样子看上去也不像是未来会有"发展"的。

理所当然，这门亲事遭到了女方家庭的极力反对。闹得厉害时，父母甚至一把大锁把女儿锁在了房间里，连班都不让她上。但她铁了心要跟着他，深更半夜撬开门往他住的地方跑，父母就在身后拿着棍子追，她慌不择路只好跳进路边的水塘，差点儿让淤泥给淹死。

最终她反抗成功，代价是父母没有给她一分钱的陪嫁，她从娘家宽敞的三室两厅，搬到和他临时租来的十几平方米的小屋子里，成日笑嘻嘻的，没有一句抱怨。后来两人有了女儿，岳父岳母的态度才有所软化。

这样的妻子，他如何能够想得到，她会背叛？

说到悲伤处，江铭放声大哭。

我本来以为，多年夫妻，她对他早就可有可无，只剩无奈的责任和将就，这个时候我才发现，他对珊竟然情深似海。我也明白了他为什么从来不愿意谈她，因为她在他心里一直是白月光，连在我面前提及，他都觉得对她是亵渎。

我不禁有点吃醋。

接下来的几天，江铭和我反复探讨离婚的细节，包括怎样向珊提到这份亲子鉴定，怎么样给女儿解释——他还是称那个小女孩为他的女儿。他又质疑鉴定结论的可靠性，踌躇要不要再换一家试试。

有一次说着说着，江铭不知不觉睡去，脸上满是疲惫。看着这个心力交瘁的男人，我突然失去了预期中的欢喜。我怀疑自己在做一件蠢事，如果不是我的介入，即使是在一个假象里，他是不是也可以生活得更幸福？

我们都没有想到，在江铭开口之前，珊却先一步提出了离婚。按照江铭的描述，他这几天魂不守舍，忘了把我们来往的短信及时删掉，结果被珊发现。珊证实他有了情人后号啕大哭，坚决地写好了离婚协议书，明言女儿归她抚养，甚至连抚养费她都不要他掏一分钱。

我冷笑："她倒是聪明，懂得知难而退、保全名声。"

"那孩子的事，我还要不要提？"江铭忐忑地问。

我知道这个男人的心思，他根本不想公开这件事，毕竟顶着个绿帽子给人家养了几年女儿，并不是什么光彩的事。更何况以这个男人和她们母女之间曾有的感情，他压根不想再给她们伤害。

"那就别提了吧。"我说，"反正大家心知肚明。"

5

江铭离婚的第二个月，我们结婚了。

那天客人灌他喝了很多酒，也许他本来也想醉。进房后他像换了一个人，轻手轻脚地解我的衣扣，温存地抚摸，柔软地亲吻，谨慎地试探，缓慢地进入。如果说他曾经是生猛笨拙的兽，那现在的他就是小心翼翼的猫。我疑惑地想要说点什么时，他开口了："你觉得好不好，珊？有没有弄疼你，珊？"

我瞬间什么都明白了。我曾经问他和珊在床上怎么样，这就是答案。她是他的软肋，他的珍宝，他必须沐浴焚香后才敢温柔弹奏的琴。

那我呢，我对他来说又算什么？我又为什么嫁给他？我到底是真的爱他，还是仅仅为了赌一场输赢？我贪恋的到底是他的身体，还是其他？

无数疑问翻涌，我口干舌燥，突然很想哭。

日子在不安里流逝，更大的不安很快来袭，我婚后一直没能怀孕。

我老大不小了，孩子对于江铭这个年纪更是刻不容缓，从我们结婚起双方父母就在催着生孩子，然而转眼大半年过去，我们仍然劳而无功。

我怀疑是自己的身体出了问题，于是三番五次跑去做检查，但每次都证实一切正常。有一次江铭正好也陪在我身边，看病的是个老中医，给我查完后顺手把了把江铭的脉，脸色凝重起来，说："让他也查查吧。"

就这样，江铭被查出睾丸发育不良及精索静脉曲张，这是两种非常严重的生育缺陷，目前还无法治愈。

结果出来的那刻，江铭惊呆了，我也惊呆了。几乎是同时，我们都想起了珊以及她的女儿。难道……

那天晚上，江铭用颤抖的手拨通了珊的电话，他用的是免提，电话里，珊的声音还是像以前那样平静温柔。

"是的，你还记得吗？我们也曾经因为怀不上孩子而一起去做过检查，检查结果是我去拿的，当时我告诉你我们都没有问题，其实那时候我就已经知道了……"

"我怎么敢说出来，要是说出来你还会继续和我在一起吗？我父母还会让我和你在一起吗？所以，我瞒着你偷偷地做了试管婴儿……"

"抱歉？你不用为这个抱歉，你能不能生孩子我一点儿也不在乎，我在乎的是，你在感情上背叛了我……"

"我和女儿都很好，当然，她到现在都不知道我们离婚了，我对她说你去参加一个秘密任务了，不过再大点的话，我怕就不好哄了，所以我这几天还在想，有时间是不是麻烦你也过来看看她……”

不知何时，江铭已经握着手机，跪倒在地，眼泪无声地、汹涌地下坠。我也愣在那里，说不出一句话。在那一刻，珊的光芒那么明亮，以至于挂掉电话后，我和江铭都觉得自己坠入了无边的黑暗里，并且永远得不到救赎。

两天后，我们办理了离婚手续。

我不知道江铭和珊最终有没有破镜重圆，重要的是，珊，那个我素未谋面的情敌，已经教会我和江铭，我们曾经有过的那些乱七八糟、激烈与疯狂、图谋和占有，原来都不叫爱。

原来真正的爱只是她跳进水塘时的义无反顾，她电话里永远轻柔的叮咛，她看着他时眉眼间婉顺的笑意，她抚育着孩子时的心甘情愿、绝口不提……

我不知道这辈子我还能不能成为珊这样的人，然后棋逢对手，但我从此，愿意蜕变和静候。

我看到每一朵花都有灵魂，每一束阳光都有翅膀，每一颗尘埃都闪闪发光。

多么好，我在等你。

你终于混成了她的路人甲

1

站在住了差不多十年的小区门外，彭大海纠结万分。

彭大海觉得为谁的事儿去找乔羽帮忙都好，但为了现任老婆穗子去找人家，有点儿太不合适了。

甚至说太过分也行，毕竟当初乔羽才是他老婆，是他女儿的妈。他没管住自己跟穗子胡搞，被乔羽发现后，两人离了婚，女儿跟乔羽过。

之后乔羽再没拿正眼瞧过他，每次看到他，就跟躲瘟神似的躲老远，现在他彭大海还妄想让她帮穗子的忙……简直是不要脸。

先不说乔羽会不会答应，他开口这件事本身，就是一种自取其辱。到时候乔羽就算一口唾沫吐彭大海脸上，说点儿难听的再拂袖而去，彭大海也只能受着。

彭大海一个快四十岁的大男人也是要脸的，所以这么一想，彭大海恨不能掉头就走。

但又不能走，穗子正怀着孕，五个多月了，穗子说这事儿彭大海要是不管，她就把孩子打了，陪她妈到北京到上海做手术去。反正，穗子说她妈要是有个好歹，她也不想要孩子过日子了。

彭大海知道穗子还真能做得出来，穗子从小没了爸，就她妈一个亲人，她妈为了抚养她成人含辛茹苦，甚至怕穗子受委屈也始终没再找人。

穗子跟她妈的感情，深过跟彭大海的。

穗子跟彭大海说："你比我大那么多，我干吗找你啊，还不是从小没爸缺父爱。对我来说，你又是男人又是爸，这么关键的时候你要是朝后缩，也就不配给我孩子当爹。"

这么半要挟半煽情地，彭大海被弄得没招，也只能答应去找乔羽。通过乔羽联系乔羽的哥——肿瘤医院最有名气的一把刀，胸外科专家乔大夫亲自给穗子妈做手术。

穗子妈不久前查出了肝癌，早期，但长的位置不大好。穗子妈还有哮喘，好像心脏也有点儿问题，县里根本不敢做，一个熟悉的大夫让穗子去找市肿瘤医院的乔大夫，说这刀也就他能开。

穗子得了这句话，就像是得了圣旨，得了给她妈救命的良药。

穗子说："非乔大夫不可，你不去找，我去，大不了我去给乔羽下跪磕头，不管怎么说我妈也是你岳母，乔羽也是你前妻，总是沾点儿亲戚的。"

这账算的，彭大海差点儿被气死，他这才知道很多时候，女人根本不论理，更别说讲理了。但彭大海心里不糊涂，这算什么狗屁亲戚？说实在的，根本就是仇人关系好吧，所以二话没说就拒绝了。

彭大海拒绝了三次后，穗子便拿肚子里的孩子给彭大海下了“最后通牒”。

穗子一把鼻涕一把泪地跟彭大海说：“你要是觉得你的面子比我妈和我肚子里孩子的命还重要，你就不去。”

彭大海只好认输。

就这样，也没敢给乔羽打电话，那天下午，彭大海估摸着乔羽下班的时间，提前去了小区门口等着。

2

彭大海离婚时把房子给了乔羽，乔羽根本没提房子的事，彭大海更是没脸提，几乎是主动净身出户了。

彭大海去的时候，差不多全副武装，棒球帽、大口罩，一样不少。

他有点怕被老邻居们认出来，也说不上啥具体原因，毕竟两口子关系破裂也都是私下的，旁人并不知道内情。说到底，也就是他自己心虚罢了。

能不心虚吗？彭大海太清楚在乔羽眼里，现在的他就是个污点严重的男人，没准都能跟流氓划到一堆里。

就像离婚时乔羽说的，她不恨彭大海，但她鄙视他。

听听，鄙视。

他当了人家十年的老公，最后落了个鄙视，还不如恨他有面子呢。

彭大海当然不能怪乔羽性子硬，乔羽从来都是那样的，他不是不知道。所以要怪，也只能怪他自己不要脸，一时没拴紧裤腰带，在穗子那里松了——明知道乔羽眼里揉不进沙子。

不过当时事已至此，穗子待他倒也算真心实意，他只能娶，只希望日后相安无事就好。

哪会想现在却要为了穗子来求乔羽，彭大海觉得，这才是现世报呢，老天还是没这么轻快地放过他，非要他来为难这一遭不可。

彭大海忍不住骂了自己一声。然后一转身，他就在暮色里看到了乔羽。

她大概刚下公交车，穿着以前彭大海见过的那件灰色长款休闲毛衣、藏蓝色阔腿裤，背着她最喜欢的大背包，依旧是最初彭大海迷恋过的飘逸气质，款款朝着彭大海的方向走过来。

彭大海硬着头皮迎上去，但乔羽好像没认出彭大海，确切地说，乔羽就没看彭大海，目不斜视地与他擦身而过，好像彭大海站在那里就是一团空气。

无奈，彭大海在乔羽身后喊了她一声。

乔羽这才回过头来，看了彭大海一眼，问道："是你喊我吗？"

彭大海呆住了，不是好像，乔羽竟然真的认不出他来了。

乔羽的那种眼神，完全是对着一个陌生人，这让彭大海骤然有种深深的挫败感，他一把扯下了口罩，说："乔羽，是我啊。"

乔羽这才看清楚他。

不过，乔羽没吃惊，没生气，没鄙夷，也没吐口水，更没掉头离去。乔羽只是平静地说："是你啊？找我有事儿？"

彭大海脸上一阵一阵地热，在乔羽平静的目光里鼓起勇气，说：“对，找你有点儿事儿。”

3

然后就站在小区门口，彭大海万般为难又语无伦次地把事情说了一下。

彭大海说：“对不起啊乔羽，我知道我不该来找你的，我……”

乔羽突然打断彭大海，说：“没事儿，我跟我哥说一声，然后你们去医院找他就是了。”

如同千钧之力发出去打在一团棉花上，那种无力感使得彭大海咯噔傻住了，他没法相信乔羽说的是真的。

半天，乔羽说：“还有别的事儿吗？”

彭大海结结巴巴地说：“没、没了。”

乔羽说：“那我先走了，你等我电话吧，我会尽快。”

乔羽掉头朝小区走去。

彭大海片刻之后才醒悟过来，说：“乔羽，谢谢你啊。”

乔羽好像没听见，头都没回。

直到乔羽的身影没入小区的楼群里，彭大海才转身离去。

彭大海回到家跟穗子一说，穗子说：“我说嘛，她不会不管的。”

彭大海白了穗子一眼。

穗子说：“你瞪我干吗，我又不傻，当然知道找她不合适，但是我是女人，我就知道她不会袖手旁观让你为难。”

彭大海说：“为啥？”

穗子说：“一日夫妻百日恩，何况你们那啥了那么多年呢……”

彭大海突然打断穗子：“你给我住口。”

平时，彭大海倒是爱跟穗子开那种带点颜色的玩笑。

跟乔羽在一起的那些年，彭大海在言语和作风上绷得太紧，大概这也是他后来在风情万种的穗子那里没能克制住的原因。

但此刻彭大海只觉得穗子的话，有点刺耳。

穗子想反驳来着，看了一眼一脸严肃的彭大海，瘪瘪嘴没再说什么。

4

第二天一早，彭大海就接到了乔羽的电话。乔羽让他赶紧带了病人过去，说刚好有人办理出院空出一个床位来。

彭大海简直不知道该说什么，他当然知道现在热门医院的床位有多紧张，掏钱也买不来。他也没耽搁，立马开车载着穗子和她妈去了医院。

去到医院，见到乔大夫，彭大海还是觉得无地自容，开口习惯地喊了声：“哥。”乔大夫抬头看了他一眼，彭大海顿时醒悟喊错了，立刻改口：“乔大夫。”

乔大夫没吭声，把片子拿起来看了看，说：“先办住院手续吧，有些检查还是要做的。”

彭大海点头哈腰地答应着，出了一脑门的汗。

紧锣密鼓地做了各项检查，住了三天院后，乔大夫却没提手术的事儿。

穗子催着彭大海去问了两次，乔大夫的答复很简单："病人情况有点儿复杂，各种检查也无法完全详尽真实地反映情况，需要再观察一下，并且需要会诊拿个尽可能完善的方案。"

可穗子却有些着急，穗子听人说了，肿瘤这东西长得挺快，耽搁一天就会发生一些变化，既然是早期，那就要赶早不赶晚。

彭大海说："别自以为是，这事儿当然听人家大夫的。"

穗子想了想，说："大海，乔大夫不会是故意的吧？"

彭大海说："故意啥？"

穗子顿了一下："没啥，我就是看别的病人都排好了手术时间，就我妈……在这多住一天多花好多钱呢，我不是心疼你花钱嘛。"

彭大海说："这样的时候还管什么钱不钱的。"

穗子有点感动，偎过来抱住彭大海的胳膊："大海，我听你的。"

彭大海的心瞬时软下来，跟乔羽刚硬的性子相比，穗子那些柔软的时分，彭大海还是稀罕的。

一周后乔大夫终于安排了穗子妈的手术，是早上第一台。

安慰了自己的妈，穗子又跟彭大海说："乔大夫还真是个好人。"

在病房待了一礼拜，穗子多少也知道了些所谓的医院规则，比如每个大夫每天的第一台手术效果都是最好的。

这个安排足见乔大夫的慎重和用心。

5

但是，连彭大海也没想到，不到一个小时，彭大海和穗子就听到手术等候区内的语音提示，让他们去一下医生办公室。

彭大海心一惊，手术怎么也要四五个小时，这情况明显不正常。

穗子不明就里，扯着彭大海的胳膊问："怎么回事啊？"

彭大海也只能说："去了再说。"

两人便牵着手去了医生办公室，乔大夫的助手正在那里等着他们。

助手也没转弯抹角，他告诉彭大海，穗子妈的手术不能做，他们打开胸腔后，发现在肝部片子拍不到的位置的血管壁上，还有两处小肿瘤，所以只能缝合，做保守治疗。

穗子一听，腿一软就朝地上出溜下去了，彭大海手疾眼快，伸手抱住了穗子。

穗子有五个月的身孕，肚子已经开始显怀了。

彭大海抱是抱住了穗子，但穗子歪在彭大海怀里半分钟后，立刻号啕起来，他只好各种劝，说："也是没办法的事儿，保守治疗效果也不见得差。"

但穗子反复一句："我妈受了那么大的罪，不能做干吗让我妈受那么大的罪……"

彭大海跟乔大夫的助手都有些束手无策，半天，助手说："你劝劝她吧，我还得回手术室。"

彭大海说："你去吧。"

助手拔腿朝外走，却被正号啕的穗子一把抓住了。穗子狠狠地扯着乔大夫助手的胳膊，说：“乔医生是故意的对吧？他就是要让我妈受罪对吧？他替他妹报复我的对吧？”

乔大夫的助手被问傻眼了，说：“啥故意啥报复啊？”

彭大海伸手用力把穗子扯着人家袖子的手指掰开，说：“穗子你胡扯啥呢？”转头跟乔大夫助手说，“你赶紧去吧。”

然后他两手抱紧穗子，不让她再继续失控。

6

但彭大海没能拦住穗子。

在她妈缝合完毕还没从麻药中苏醒过来，从手术室推出来送到病房后，穗子望了她妈一眼，便冲向了乔大夫的办公室。

彭大海到底怕拦得太厉害伤了孩子，只好跟着失控的穗子过去了。

愤怒的穗子喊着乔大夫的名字，说：“你要是想报复冲我来啊，干吗要害我妈，是我抢了你妹的男人，跟我妈没关系……”

病房门口围了各路人马。

最后彭大海实在没办法，只能捂住了穗子的嘴，彭大海跟乔大夫说：“对不起啊……她那个，她这会儿脑子不清楚。”

穗子挣脱彭大海的手，说：“我脑子清楚得很，我说乔羽怎么答应得那么痛快，我说床位那么紧我妈怎么就这么命好来了就赶上了，你们可真够狠的。”

乔大夫冷笑了一声站起身来。

彭大海脑子蒙蒙的，只好再去捂穗子的嘴。

两人撕扯的时候，乔大夫推门出去了。

穗子要朝外追，被乔大夫的助手拦住了，助手说："今天乔大夫还有两台手术，两位别胡闹了，你们家人的命是命，别人家人的命也是命。"

这次彭大海也没管伤不伤到孩子，死命扯住了穗子。

再一次，穗子号啕起来。

穗子绝不肯善罢甘休，说她会把事情写出来发朋友圈，告诉大家真相。穗子跟彭大海说，她当小三固然有错，可是拿她妈的命惩罚她，这是犯罪。

彭大海根本劝不住穗子。

虽然穗子顾及她妈，暂时没在医院闹，却雇了人去了乔大夫家闹，一时间这桩事儿也闹得沸沸扬扬。

乔羽还是知道了。

7

这是离婚后，乔羽第一次来找彭大海。

乔羽说："我来是要告诉你，我哥直到做完手术，都压根儿不知道你和穗子那档子事，他一直以为我俩是性格不合离的。"

说着乔羽给彭大海看了她的手机。

穗子在医院闹事的当天，乔大夫给乔羽打了两个电话，乔羽大概是忙别的没接到，乔大夫于是给乔羽发短信追问：“你和彭大海当初到底怎么离的？你给我说实话！！！”

三个感叹号，看得彭大海心惊肉跳。

乔羽又说：“你们两口子可以去北京上海找专家，把你岳母的身体再打开一次，看他们是否有更好的办法能把手术做了。也可以用这种方式鉴定一下这次打开又缝合是否属于医疗事故，如果属于，就走法律程序好了，谁的错谁承担，没有什么好逃避的。”

说完，乔羽深深地看了彭大海一眼，掉头离去。

那一眼，狠狠地扎在了彭大海心里。

回到医院，彭大海没再在穗子那里妥协，彭大海说：“你要是真想闹就闹个够，怎么闹都行，有办法把乔大夫送进监狱是你的本事，孩子你真想做就做了，离婚也可以，都随你。但这件事，我不会再奉陪了。”

彭大海说完，就像乔羽看他那样，深深地看了穗子一眼，掉头离去。

穗子一愣神，也不顾身子不便，快步追上彭大海，穗子说：“彭大海你个王八蛋。”

彭大海回过头来，说：“你现在才知道我王八蛋吗？我跟你睡觉的时候就是王八蛋了。”

彭大海这话说得太狠，穗子又怒又急，抬手挠了彭大海一把。

穗子用了很大的劲，一把在彭大海脸上挠出三道血印子，看着冒出来的血迹，穗子终于傻眼了，没再出声，片刻，眼泪扑簌簌地掉下来。

彭大海抹了一把血丝，看了看自己掌心，说："别哭了，对孩子不好。另外，你还是先好好照顾你妈，不管多少日子，别让她多受罪就好。"

穗子好像被什么狠狠地戳了一下，扶着肚子顺着墙慢慢蹲了下去。

穗子没再闹，也没再说打掉孩子或离婚这样的话，等她妈伤口愈合得差不多后，接出医院回家照顾。

乔大夫说："我给你妈开了点药，你要是觉得能吃就去取，不能就算了。"

穗子一声不吭地去取了。

那天把穗子和她妈送到家里后，彭大海出了趟门，去了乔羽教书的学校，但走到学校门口，站了半天，彭大海又折身走了。

彭大海是想跟乔羽说声对不起的，但他想了想，对不起乔羽的事儿太多，这三个字太单薄，不说也罢。

并且彭大海是真知道了，如今乔羽也根本不在乎他对得起她还是对不起她。对乔羽来说，彭大海也就是路人甲。她帮他，不是因为他是她的前夫，是她孩子的爸，只是因为……她善良而已。

然后彭大海慢慢走在曾经走过很多次的路上，想着自己已经彻底失去了这个善良的女人，连最后被鄙视的资格都没了，心里忍不住酸涩了好久。

好久。

她给他的 50 块钱

1

肖灿给冯小青写的一首歌在当地的酒吧火了，很多人慕名而来，专门点这首歌。

肖灿是乐队主唱，四个有着音乐梦想的穷小伙儿凑到一起，组了这个“浪漫人家”乐队。大家有着一个共同的梦想：有朝一日能够打出知名度，登上真正的大舞台，出专辑，一夜成名。

冯小青是这个乐队的小跟班，她跟了肖灿七年。

他们初见时，他还是个在地铁卖唱的落魄艺人，脚边的吉他盒子里摊着寥寥几个硬币，他当时唱的是邓丽君的《漫步人生路》。

一曲终了，冯小青往盒子里扔了一张 50 元纸币，那 50 块钱是她一周的饭钱，也是盒子里面额最大的钞票。

冯小青没理会肖灿那惊诧的表情，甚至没听他道谢，转身而去，但走了不过十来步，她又匆匆折返回去，做了一个在未来很多年都被当作笑谈的举动——她弯了腰，快速捡起那50块钱揣回了兜里：“那个，我还没吃晚饭，我去买个饭，剩下的给你。”

后来她买了两份饭，没给他钱，而是把另一份饭给了他。

他们好了后，他问她为什么给了钱又反悔。她说因为她妈生前最喜欢的歌就是《漫步人生路》，他让她想到了她妈，所以出于感激，给了他身上所有的钱。可没走几步她又后悔了，因为毕竟没了那笔钱她这周只能饿肚子，她便又厚着脸皮折了回去。

半年后，乐队成立。

肖灿跟冯小青说：“总有一天我会成名，给你买房买车买名牌包，决不让你颠沛流离、风餐露宿。”

此后的七年，他们辗转了一个又一个城市，换了一个又一个酒吧，从一个出租屋搬到另一个出租屋，把“颠沛流离”和“风餐露宿”品尝得淋漓尽致。

他们也找了很多唱片公司，希望能出专辑，但都碰了壁；给音乐人寄的唱片小样也石沉大海；在酒吧驻唱遭到客人讥讽；街头派发免费演唱会门票，全被扔在地上和垃圾桶里，到场的人寥寥可数；为了生计放下身段去街角表演又被城管追赶……最困顿的时候，他们去超市偷过方便面。

四男一女挤过一间屋子，在屋子中间拉一道帘子，把哥们儿的床铺和这对小情侣的床铺隔开。那种无处不在的麻烦与尴尬，那种夜里想做点儿什么又不敢做的痛苦，多年后他们回忆起来，仍感到一阵心酸。

也是那时候，冯小青没钱堕胎，进了又脏又乱的黑诊所，而她屡次受孕的原因说来可笑，没有多余的钱买避孕套。

后来有一天，肖灿喝得烂醉，对冯小青说："你走吧！你的人生我负担不起了。"

冯小青没跳也没闹，只说了句："你在哪儿，我在哪儿。"

再后来，那首歌就意外地红了。

2

歌曲走红以后，有人拍了他们的视频发到网上，引起了一些唱片公司的注意，有个娱乐公司老板的女儿找到了他们，说要帮他们出专辑。

那一天，他们乐疯了。

他们苦熬了那么多年，每个人都承受着常人难以承受的压力。他们有家不能回，有学不去上，有工作不做；有的跟家里反目，有的跟爱人决裂，有的为此众叛亲离失去了一切。他们不顾一切，一路披荆斩棘，为的不就是这一天吗？

那天晚上，四个男人醉酒之后抱头痛哭，他们相信，之前遭受的种种磨难与困苦是值得的。

他们跟那个富家小姐吃饭，聊人生，大谈音乐梦想，从乐队的主题、定位，到将来预备走什么路线等等，高谈阔论。

说到动情处，肖灿几度哽咽，语无伦次，最后他脖子一仰，向那女人举杯，一饮而尽："谢谢你，兰姐。"

那是七年来，冯小青第一次见肖灿笑得那么开心，尽管他也曾给过她很多笑容，却没有哪次像那天那样发自内心，她感觉他浑身上下每一个细胞都是雀跃的。

送走了兰姐之后，肖灿伏在冯小青的肩上，轻声呢喃：“我说什么来着，总有一天我会成功的。看吧！只是时间早晚的事儿。”一股子酒气熏得她头晕。

按理说，她该为他高兴，为他痛快，为他激动不已，甚至热泪盈眶，可是没有。她隐约有些不安，亦有些哀伤。

不安的是，她怕这次又像曾经很多次那样，空欢喜一场。她可以接受这种落差，可他不能，他已经无力承受了。他是那个急于成功的人；他是那个急需通过成功来证明自己的人；他是那个破釜沉舟，没有退路的人；他是那个失败过无数次，从最初的满腔热血到后来的心灰意冷，再到最后绝望到把成功的可能交给上天的人。

哀伤的是，当兰姐指着冯小青，问肖灿这是谁的时候，肖灿抢了哥们儿的话说：“这是我表妹。”

表妹。

3

打那以后，他们常跟那个被唤作兰姐的女人见面。

以前不管大家去哪儿都带上冯小青，认识兰姐后，肖灿开始有意撇下她。做音乐嘛，要专业，总带上她，跟玩儿似的，会给人一种不专注的感觉。

再然后，团队合作变成了肖灿和兰姐两个人的私下约会。他是主唱，又是这支乐队的发起人，代表乐队去跟兰姐谈，也没什么不妥。只消兰姐一个电话，他便立即扔下手头的事儿马不停蹄地去见她。

肖灿是谦卑的，也是恭顺的，他未来世界的大门，或将由这个女人为他打开，容不得他半分懈怠。

肖灿是惶恐的，亦是兴奋的，他从前受到的苦难将由以后的繁荣来弥补，而兰姐等同繁荣。

他开始专注于做音乐以外的一些事儿，比如发型、衣着。

因为兰姐说："佛靠金装，人靠衣装，穿得寒碜使人掉价，没那个精气神儿，什么事儿也办不好。"

他陆续添了很多名牌服饰，连吉他也换了，还常常喷香水——这个在以前他极为不屑的东西，因为兰姐喜欢。

他不再有多余的时间和精力跟不懂音乐的冯小青废话，他习惯于以"嗯""啊""哦"这些最简短的话语来应付她。

他身上这些既微妙又显而易见的变化，于冯小青而言是等同于山崩地裂、斗转星移的巨变。

这巨变如同一把劈天巨斧，在他们之间劈砍出一道硕大的口子。而她，眼见这口子越变越大，最后形成万丈沟壑。

4

冯小青以为肖灿跟兰姐的事儿，只要她不说，就可以一直装下去。可是这世上的很多事儿，不是你闭目塞听或自欺欺人，就能绕过去的。

她发现，伙伴们看她的眼神不像从前那么自然了，而是充满了歉疚与同情；她问起肖灿，他们总是闪烁其词，顾左右而言他；他们甚至连脏衣服也不好意思拿给她洗了，因为他们集体背叛了她！

他们眼见肖灿跟兰姐苟且，也曾愤怒，也曾想替她给他一拳，可待他们冷静下来，却又选择了沉默，像是达成了某种羞耻的默契。尽管他们视她为亲人，可他们更向往成功，这不过是在情意与梦想之间的又一次抉择罢了。以前他们能够为了梦想舍弃极其重要的东西，如今也能舍弃她。

所以他们容忍并默许了他对她的背叛，因为他跟他们交了底儿：他若不答应兰姐，兰姐就不给他们出专辑。

肖灿是在一个月后跟冯小青摊牌的。

他故意喝个烂醉，借着酒劲儿向她坦白，然而尚一字未言，他就先哭开了。

“小青，我耗不起了。乐队成立之前，我已经一个人漂泊了三年，前后加起来一共十年。人生有几个十年啊？再说这也不是我一个人的梦想，而是大家的！咱们这一路走来吃了多少苦，你是清楚的。”

是啊，她比谁都清楚，所以打从一开始，他跟兰姐说她是他表妹的时候，她假装没听见，她继续给他们斟茶倒水，若无其事。与其说是兰姐看上了他，以实现梦想为诱饵，一次又一次逼他就范，不如说是他从一开始，就已经准备抛下一切轻装上阵了。

肖灿当着哥们儿的面给冯小青跪下了，眼泪顺着他的脸颊蜿蜒下来：“小青，我跟兰姐说了，让她给你一笔钱，兰姐答应了。是我负了你，我不是人，是畜生。可是如果我不答应的话，她就不帮我们出专辑。没有她帮忙，我们注定这辈子都是穷要饭的，你跟着一个穷要饭的过一辈子，真的甘心吗？就算你愿意，你让他们怎么办？我保证，等我成功了，一定会加倍补偿你……”

肖灿泣不成声，同伴们则一言不发，个个垂着头抹眼泪。

这是怎样一幅滑稽而又让人痛彻心扉的画面啊！这一幕在未来很多年里都反复出现在冯小青的梦里，直至她步入老年。

四个男人都在哭，唯有她，一滴眼泪都没有掉下。

不等冯小青做出反应，兰姐的车开到了楼下，她按了三声喇叭。

冯小青说：“你走吧！兰姐找你有事儿呢！你的意思我都懂了，我考虑考虑。”

5

冯小青要了兰姐十万，是她自己开的价，这点儿钱对兰姐来说不算什么。

兰姐说：“你不是说分手会要了她的命吗？人家这不好好的嘛，哪有你说的那么严重。不过说实话，人家跟了你七八年，最好的年华都给了你，吃尽了苦头，什么好也没落着，只要十万，良心价了。”

肖灿笑笑，嘴唇干裂发白，喉头哽咽。

出租屋里的东西，冯小青一件都没带走，她走的时候也没有跟任何人打招呼。

十万块，买断了她跟他七年的情意，十万块，买断了他们之间所有的过往与回忆。

走后的第二年，冯小青嫁给了一个丧偶的中年男人。

很普通的男人，中等个头，相貌平平，家境平平，有一份很普通的工作，过着极其普通的日子。

男人没什么了不起的梦想，也没有什么追求，最大的乐趣就是捧着菜谱研究美食，要不就是看看电视遛遛狗。

婚后没多久，她生了个女儿。她本来还有些担心，怕自己不能再孕。毕竟当初她进过黑诊所，还因为对方操作不当疼得昏死过去，她怕伤了根本，以后都怀不了孕了。哪知道老天没有苛待她，让她成功生下了一个健健康康的女儿。

这是老天对她的恩赐，她很感激。

6

一转眼十个年头过去了。

这十年，冯小青过得很平静，也很安逸。

虽然没有多少激情，也不曾发生过什么让人振奋的事儿，但这温馨平和的日子，却犹如那熬得清香软糯的白米粥，最能抚慰人的味蕾与灵魂。

这些年她听了不少歌，也关注过一些新生的歌手或乐队，但是从未看到过他们的身影。

女儿也会哼不少流行歌曲，还常常告诉她这是谁，那又是谁，这个唱了什么歌，那个又唱了什么歌。

有天她随口问女儿，有没有听过一个叫浪漫人家的乐队。女儿说没听过，怎么了？她说没怎么，就没有后话了。

她也不知道有一天她还能跟他们联系上。

他们当中年纪最小的一个，不知道从哪儿搞到了她的电话，就打给她了。

他已经结了婚，做了外卖配送员，有了孩子。他说他们在她走后的第二年就散伙了，兰姐根本没有给他们出专辑。她跟肖灿同居了一段时间后，腻了，原先承诺的那些事儿，全都不作数了。肖灿不服，找她闹，才知道她看上了另一个乐队，打算捧他们。

“谁知道呢？也许她从来就没打算真的帮我们，或许她只是一个喜欢调戏别人梦想的女骗子吧！”他说着，语气里透着一丝无奈，还有些许自嘲的味道。

“后来我们就散了，不知道为何，突然觉得很没意思。以前那么义无反顾地跑出来，以为没有什么是不能承受的，后来看着肖灿那么对你，那女人又那么对他，一下子就厌恶了。对，厌恶了，大家一下子没了话，都不愿交流……那屋子里的每件东西，你都碰过；我们每个人的衣服，你也都洗过。回了住处，明明这么多人，却冷清得很；明明冷清，却又觉得闷得慌，透不过气儿似的。我们很少提起你，但你无处不在。”他说到这里，先笑了两声，随即叹了口气。

她听出了他的哽咽，从他颤抖的声音里，仿佛看到了他红了的眼眶。

她到底还是问起了他：“他呢？”

“不知道。我先走的，我走了没两天，他们也走了。我们起初还有联系，后来渐渐断了。是我老婆在商场搞促销登记，你在她那儿留了姓名电话，给我瞅见了。我也不确定是你，思来想去的，试试看呗，没想到还真是你。你后来怎么样，过得好吗？”

她说好，又问了他的一些事儿，两个人聊了会儿。

末了，他说：“那会儿，我们挺对不住你的。我们知道，你拿那十万块钱，是为了让我们安心，我们心里明白着呢！”

这些年，冯小青从来没有为以前的事儿哭过。她的泪，只在睡梦中流淌，但是听了他这句话，她的泪忽然就涌了出来。

她也曾问过自己，究竟恨不恨他？按理说她应该恨，可她恨不起来。她见证了他的苦难，所以理解他的选择。在他决定舍弃她时，她并不觉得他十恶不赦。

或许他曾经爱她是真，他想获得成功亦是真。只不过他在梦想与爱情之间，做出了看似更利于自己的选择。

她可以带着对他的恨过一生，也可以揣着一份理解与包容过一生。她也做出了一个看似更利于自己的选择。她，选择了后者。

只是，对与错，谁说得清呢？

7

两年后的一天，她跟女儿逛街，经过一个商场通道的时候，看见了一个衣着褴褛的老男人抱着吉他弹唱，唱的正是那首《漫步人生路》。

一如很多年前，他的脚边摆着吉他盒子，盒子里摊着寥寥几个硬币。不同的是，现在吉他是旧的，盒子是破的。

她没有靠近，而是远远地看着他，神情专注，一动不动。

他的歌声比多年前多了一份沧桑。他饱含深情地唱着，眼神迷离，沉浸在他自己的世界里。他一遍遍唱着，像是唱出了半生的流离，倾诉着一世的凄苦。他的一生都浓缩在了这一句句歌词里，他的成败与得失也都融入了这沧桑而沙哑的歌声里。

不知道听了多少遍，女儿有些不耐烦了，扯了扯她的衣角：“妈，走吧！”

她一摸兜，好像命运有意为之，口袋里竟又是一张 50 元的纸币。不同的是，当年她全身上下只有那 50 块钱，不像现在，有个手机就能付款，不需要带多少现金。

她让女儿把钱扔进了他的盒子里，他对她女儿说了声谢谢，并未看到一旁的她。

母女俩大步离去。

行至远处，冯小青回过头看了他一眼，他还在唱，而她，却再也没有停步。

第七章

余生不长，
这样刚好

关上那个水龙头

1

结婚一周年的那天晚上，岳琳琳离家出走了。

但这并非预谋，岳琳琳的离家出走，算是一个突发事件。

那天下午梁丰给岳琳琳打了电话，说四点去找她，然后两人一起去买菜再回家做饭。

岳琳琳为此还专门请了假，不过假不太好请。部门刚接了个任务，要做一个广告方案，为争取拿下一个联络了两个月的大客户，那阵子经常加班。

岳琳琳这个时候请假，领导脸色确实不太好看，话也说得不太中听，所以岳琳琳出来的时候，心情就不太爽朗。

然后梁丰带着岳琳琳去了一家稍远的农贸市场，梁丰说那家市场的海鲜比较新鲜，多是刚从码头上送过来的。这倒也不错，有岳琳琳百吃不厌的新鲜海虹。

问题出在购买过程中。

梁丰对买菜做饭有偏好，岳琳琳很少跟梁丰一块儿买菜。她虽然知道梁丰会过日子，但没想到梁丰竟然那么斤斤计较，跟一个年近七十的大爷为了两块钱争执不下。最后大爷输了，摇着头让了梁丰两块钱，岳琳琳心头就有一点儿堵。

接下来梁丰又在买香菜的时候，非让人家送棵葱。香菜也就买了两块钱的，葱不比香菜便宜多少，菜摊老板不愿意，梁丰便嬉笑着拿起葱来扯着岳琳琳就走。

老板的眉头拧成了疙瘩，不屑地说："年纪轻轻的也穿得人五人六的，咋恁没出息。"

梁丰装作听不见，岳琳琳的脸却噌地红了，松开梁丰的手回去放下了两块钱。

结果回来的路上，梁丰半开玩笑地说岳琳琳不会过日子。

岳琳琳本来心里就堵，觉得梁丰一个大男人小气得不得了，没想到梁丰还抱怨她。岳琳琳便回了梁丰一句："这样有意思吗？"

梁丰说："咋没意思了？如果不这样我能买得起房子吗？"半点儿不觉得有啥，还得意地哼了一声。

岳琳琳突然觉得，梁丰真的挺没意思的，但碍于当天是个特殊日子，岳琳琳没再吭声。

2

两人到家时五点半，时间充足，梁丰拎着菜直接奔厨房，让岳琳琳歇着，他来忙活。

岳琳琳不太会做饭，本来也没想掺和，便转头进了洗手间打算洗个手，结果一进去就听到水滴滴答答的声音——梁丰在冲拖把的水龙头下放了一个塑料桶，已经滴答滴答地接了小半桶水。其实平常梁丰也是这么干的，但不知道为什么，这次这声音在岳琳琳听来格外刺耳。

火气也就是在这个时候全部涌上来的，来得又快又猛，岳琳琳几乎不假思索地一脚就把塑料桶踢翻了。水洒了卫生间一地，岳琳琳的脚也踢得剧痛，她忍不住哎哟了一声。

动静很大，梁丰在厨房也听到了，他扎着围裙甩着两手水跑了过来，边跑边问："咋了琳琳？出啥事儿了？"

岳琳琳没理他，又照着已经倒翻的塑料桶踢了一脚。

梁丰愣了一下，随即明白了岳琳琳发火的原因，他甩甩手上的水，白了岳琳琳一眼，说："得精神病了你！"

梁丰根本没想到此时的岳琳琳心头的手雷已经拉开了环，腾一下炸裂了。她根本没等梁丰说完，转头就吼起来："梁丰你一个大男人这么着真的有意思吗？要么多拿人一棵葱，要么偷公家两桶水，你不觉得这么干挺没出息挺丢人吗？梁丰你能不能改改你这小气的臭毛病！"

岳琳琳吼得近乎歇斯底里，那动静，把梁丰吓得眨巴着眼愣了半晌。

半晌，梁丰不干了，说："岳琳琳你瞎发啥脾气？我怎么小气怎么没出息了？我这么过日子为的啥啊？你倒是有出息，还不是半毛钱都没存下，二十六七了到处租房子住，岳琳琳你能不能不那么虚荣啊！”

“梁丰你不就有套破房子？做男人你还有啥大气的！”

“我有套房子不就够了？我要是没房子你能嫁给我吗？！”

“没人稀罕你的破房子！”

3

一场争吵便如此爆发，你来我往了十来分钟，岳琳琳嘶哑着嗓子吼出最后一句：“这日子没法过了，离婚！”然后岳琳琳住了口，冲进卧室收拾自己的衣服往行李箱里塞。

梁丰这时候才意识到吵过火了，赶忙跑过来拉住岳琳琳道歉，说自己脑子一冲动说错话了。岳琳琳也不管他，倔强地把几件衣服扔进箱子，拉上箱子拉链，提起来就朝外走。

梁丰跟到门口去扯岳琳琳的箱子，岳琳琳用力扯回去，咣地把门摔上了。

岳琳琳进了电梯，梁丰也没再追过去，大概也在气头上。

岳琳琳就这么着，在结婚一周年纪念日的黄昏，离家出走去了大学好友李乐家。

半年前李乐因为老公出轨刚离了婚，离婚财产分割分了套小公寓，目前一个人住。岳琳琳投奔她，刚刚好。

李乐简单询问了一下事情经过，撇嘴，说：“折腾啥啊。”

李乐说岳琳琳“作”，身在福中不知福。

岳琳琳气还没消，说：“天底下哪有这种男人啊？梁丰真没劲。”

李乐哼一声：“人就是没有知足的，梁丰是小气了点儿，可他对你好吧？他不出轨不家暴没不良嗜好吧？人哪有十全十美的！”

岳琳琳便不再跟李乐说了。李乐受过男人出轨的伤，在她眼里，只要不出轨就是好男人，没法聊。但岳琳琳也没觉得自己“作”，回头再想梁丰这些行为，照旧气不打一处来。

岳琳琳是真没想到梁丰是这样的性子，开始的时候，她只觉得这个男人有点宅有点居家而已，倒也不是什么坏习惯。

4

那时候，岳琳琳刚从一家小广告公司跳槽到现在这家公司。为了上班方便，她想在公司附近租间房子。那天中午，她就在一家房屋中介那里碰到了梁丰。

梁丰是房东，手头有套八十几平方米的两居室，自己住了一间，想出租另一间。

当时岳琳琳忍不住就对梁丰高看了一眼，梁丰跟自己差不多年纪，二十六七，相貌端正，但一看就不是那种富家子弟，竟然在本市有套自己的房子。后来岳琳琳知道房子是梁丰爹妈赞助了一点儿，大部分是他用自己的积蓄交的首付。

都是大学毕业后出来工作，梁丰在一家网络公司当程序员，工资不比岳琳琳高，竟然四年时间能攒下小二十万。这足以让岳琳琳刮目相看了。

梁丰的房子离岳琳琳公司一站路，房子大小也合适，唯一的不妥是男女有别，所以岳琳琳很犹豫。但梁丰没犹豫，他明显对岳琳琳有点一见钟情。

其实一开始在中介登记房源时，梁丰就注明了租客要女的，原因是他自己爱干净，觉得一般男人邋遢。

见岳琳琳犹豫，梁丰便主动提出房租可略减少，也不需押金。中介员工也竭力促成这笔生意，说梁丰一看就人品端正，岳琳琳可以放心搬过去。

当时岳琳琳手头也略拮据，种种条件让她动了心。关键岳琳琳也信中介的话，梁丰一看就人品端正。后来岳琳琳也验证了这一点，她搬过去两个月余，跟梁丰相处融洽，相安无事。

岳琳琳对梁丰感觉也不错，男人少见梁丰这么居家爱干净爱整洁的，他每周一次大扫除，连玻璃都擦得锃亮。梁丰也从来没有过半点儿过分的言语和举动。

梁丰做了可口的饭菜，会给岳琳琳留一半，开始岳琳琳过意不去就主动交餐费，梁丰只象征性地收一点儿。所以岳琳琳当时真没觉得梁丰吝啬，倒是觉得他仔细。

后来有一晚，岳琳琳加班后跟同事逛夜市吃坏了肚子，半夜腹痛难忍惊动了梁丰，梁丰背着岳琳琳送到了最近的医院。

就是那一次，岳琳琳对梁丰生出了一种女人对男人的依赖感。

梁丰反应不慢，很快察觉到了岳琳琳心里微妙的变化，趁热打铁跟岳琳琳好上了。

两人结婚的时候，连中介都送了小红包，说是牵了一对美满姻缘。

两人结婚也就一年而已。

5

那天晚上，岳琳琳很晚都没睡着，前前后后想了想这一年的日子，想了想梁丰那些“过日子”的小细节。

梁丰连门外的公摊面积处都要坚持放一个收纳柜，把家里不用的旧物杂物堆在里面。

物业来找过他几次，梁丰就那么一直推诿，嘴上答应着，但就是不搬。有一次他当着管理员的面把收纳柜搬进了门，结果人家刚转头进了电梯，他又把收纳柜搬了出来。

就是那次，岳琳琳实在看不过眼说了梁丰两句。梁丰振振有词，公摊也是花了钱的，凭啥不让他放东西。

当时岳琳琳的心里有些闷，但没再吭声。她从小就不擅长吵架，这次要不是事都赶一块儿了奓了毛，岳琳琳也不知道她是不是还会继续憋着。

但有一点岳琳琳清楚，憋了这次也会有下次，只要梁丰继续这么下去，早晚有一天，他们会有这么一架，非吵不可。

不过那个晚上，岳琳琳还真没想要离婚，虽然话说出来了，但她也就是赌气。

岳琳琳自己都觉得这个矛盾够不到离婚的高度，她就是想给梁丰提个醒，让他改。既然出来了，岳琳琳打算借这个机会敲打下梁丰，让他知道她是真的介意他这么做。

梁丰好像也来了气，一连三天没找岳琳琳，也没主动打电话。两人就这么僵住了。

第三天晚上，十点左右，岳琳琳还在加班，梁丰打了电话过来。

电话里，梁丰应该是喝多了，说话含糊又混乱，总之梁丰的意思是他不离婚，他舍不得岳琳琳，他改，他不想失去她。

梁丰平时很少喝酒，这次醉得很明显，并且那么晚了还在街上，岳琳琳在电话里听到车来车往的声音，就有些着急和担心，赶忙问梁丰在哪儿。

梁丰含混地告诉岳琳琳，他正在她的公司楼下的街边，他知道岳琳琳在加班……

岳琳琳没等梁丰说完就挂了电话下了楼。

6

梁丰果然在楼下街边的马路牙子上坐着，还有些摇晃。岳琳琳快步走过去，伸手扶住梁丰："怎么喝那么多酒，你又不会喝……"

话音未落，梁丰已经站起身来朝向了岳琳琳，他神色清醒，一脸狡黠。

岳琳琳一愣神，梁丰已经笑起来："我就知道你担心我。"

梁丰伸手拉岳琳琳的胳膊："别闹了，赶紧回家吧，我做夜宵给你吃。"接着弯腰从地上提起一个食品袋，"刚买的海米，这个点店铺打折，特实惠……"

岳琳琳的脑袋里嗡的一声，她一把推开了梁丰。

梁丰没防备，被推得一踉跄，说："你还……生气呢，不至于吧。"

"至于！"岳琳琳咬牙切齿地吐出这两个字，掉头就走。

梁丰追了两步又拉住岳琳琳："你有完没完啊？"

岳琳琳一把甩开他，回过头来在路灯底下重新看了梁丰几秒钟，莫名的疲累感和厌倦感在她心里头一波一波地涌出来。岳琳琳一字一顿地说："梁丰，咱们离婚吧。"

梁丰眉头一蹙：“有病。”离开岳琳琳掉头走了。

岳琳琳站在那里，看着人高马大的梁丰拎着小得不能再小的那一小袋打折海米过了马路消失在迷离的灯火里，她失望透顶。梁丰不会改变的，那是他骨子里的东西，不恶劣，但已经消磨掉了岳琳琳对婚姻的兴致。

这一次，岳琳琳是真的动了离婚的念头，她站在那里给梁丰发了条信息：“同意的话联系我，否则就这样吧。”

岳琳琳的意思很明白，梁丰如果不同意离婚，就没必要再找她了。

7

足足半个月，梁丰没音信。

李乐都急了，说：“你们这要冷战到啥时候？”

岳琳琳说：“没冷战，是真不想过了。”

李乐还是觉得岳琳琳“作”，于婚姻而言梁丰并无过错。李乐觉得岳琳琳纯属被梁丰惯坏了，尤其是人家梁丰还那么爱她。

岳琳琳苦笑着问李乐：“啥叫爱？”

李乐说：“切。”

然后李乐就证实了梁丰对岳琳琳的爱。李乐替岳琳琳弄清楚了，没联系的这半个月，梁丰大病了一场，“人都瘦了一整圈”，在医院输了好几天液，目前还没能上班，卧床在家。

李乐说：“夫妻一场，难不成你的心是铁打的？”

岳琳琳的心当然不是铁打的，并且她也的确是跟梁丰夫妻一场，所以纠结了一晚上，她还是决定回去看看梁丰。

岳琳琳并没有见到梁丰，他没在家躺着，但他病了应该是实情，茶几上还摆着两盒感冒药。

岳琳琳没给梁丰打电话，打算等他一会儿。

等的时间无聊，岳琳琳到卧室扒拉了一下自己的东西，看看有没有顺便要带的。然后就在衣柜里放内衣的抽屉底层，岳琳琳看到了几张银行流水，拿起来看了看，这应该是梁丰那套房子从首付到每一次按揭的交付证明。流水单子上最近的一次扣款记录时间，是三天前。

岳琳琳愣了半天，这显然是梁丰这两天打的，在病中……也就是说病中的梁丰，心里头惦记着另一件事儿，关于这套房子——这套当初梁丰跟岳琳琳求婚时，为表示诚意，主动提出并给岳琳琳在房产证上加了名的房子。

而这些流水，证明的是虽然房产证上有岳琳琳的名字，但房款岳琳琳半点儿没出——不是岳琳琳不想出，而是结婚时梁丰主动提出来的，反正还有五年交完按揭，他自己负担。

这么长时间，岳琳琳半点儿都没多想。包括此时，岳琳琳厌烦的也只是梁丰生活里的算计和吝啬，但她从来没想过梁丰会在这件事上防范她。

在她提出离婚他坚决不同意的时候，在他跟岳琳琳说着他爱她离不开她的时候，他做了这件事。

8

岳琳琳没有继续等梁丰，把东西放回原处就离开了。然后岳琳琳给梁丰发了条微信，说如果他不同意离婚，就走法律程序。

岳琳琳突然觉得，这个在她身边睡了一年多的男人，其实她一点儿都不了解。她能看到他表面的平淡平静，以及他对她的那些浮于表面的好，却始终没有看到他内心的小气和自私。

这么一闹，梁丰藏匿的东西便一点点浮出了水面。

这让岳琳琳格外失望，失望到她直接跟梁丰说："我只要离婚，别的什么都不要。"

然而梁丰的态度更简单，一个字，不。

可这次，岳琳琳不想在乎梁丰的态度了，她不是吓唬梁丰，她是真想好了去起诉。但岳琳琳的起诉书还没写好，梁丰那边又出了事儿。

这回梁丰是真出了事儿了。

电话是医院打过来的，梁丰被人捅了一刀，被捅在小腹左侧，流了好多血，被送到医院时人已经昏迷了，好在没被捅到重要器官，算是捡了条命。

而梁丰被捅的原因，是他下班等公交车的时候碰到了一个小贼，小贼趁乱偷了一个女人包里的钱，刚要溜被女人察觉了，女人哭天抢地地喊起来，梁丰就来了一回见义勇为，小贼最终没逃掉，钱也追回来了，只是梁丰结结实实地挨了一刀。

岳琳琳被这个消息弄傻眼了，啥也没再顾上去想，风风火火赶到医院。

病房门半掩着，岳琳琳正要进去，听到里头有说话的声音，是梁丰。

梁丰跟人说："求求你们别报道，我不当啥英雄，也不要那个见义勇为奖，你们就当没这回事儿成不？"

岳琳琳隔着略宽的门缝儿瞄了一眼，病房里头除了梁丰，还有俩小青年，应该是什么媒体记者，梁丰的话就是跟他们说的。

然后岳琳琳听到一个女的问：“您是想当无名英雄吗？”

梁丰有点着急，说：“什么英雄不英雄的，你们赶紧走吧，以后别来了，哎……”

梁丰这一哎，对方不好意思再待下去了，安慰了梁丰两句就出来了。

岳琳琳在他们走后进了病房。

9

梁丰躺在病床上，整个腹部裹了一圈厚厚的纱布，人有些苍白。岳琳琳看了他一眼，突然有恍如隔世之感。

梁丰努力挤出个笑脸儿：“你来了。”

岳琳琳在床边儿坐下来，说：“干吗把人赶走了？”

梁丰抽了口气，说：“万一那小偷的同伙看到了，我日后不定还得挨几刀呢。太危险了，这可不是啥好事儿。”

岳琳琳一愣，她没想到梁丰是因为这才拒绝被宣传的，但转头一想，这多正常啊，这才像梁丰吧！

只是……岳琳琳忍不住问道：“既然这么害怕，当时干吗逞强？”

梁丰苦笑：“当时那女的在那里哭喊，说那钱是给她孩子救命的，孩子在医院等着做手术呢，所以我脑子一热就冲上去了；跟你说实话，这会儿想想我还后怕呢。”

梁丰又抽了两口气，说：“真疼！”

突然，岳琳琳心里有什么松懈下来。突然，岳琳琳看到了梁丰心底的另一面，掺杂在她跟他结婚后在生活里慢慢窥视出的他的私心、小气、没出息、算计里头，掺杂在她所鄙弃的他内心那处狭窄里头，闪着岳琳琳之前没有看到过的光亮，带着几分柔软、明朗、善良和血性。就像之前她没看到他的私心一样，这个睡在身边的男人，她也没看到他的光亮。

岳琳琳知道在危险面前，一个人权衡后的取舍都很寻常，当时来不及思索做出的举动，才是一个人的本性和本能。在这份本性里，梁丰其实没那么糟糕。就算事后连公开的勇气都没有，但毕竟当时他做了！

也是那么一下子，岳琳琳原谅了梁丰，原谅了她不喜欢的他的那些细碎的小气，何况这些东西，她可以帮他修正。

岳琳琳甚至原谅了他在房子上对她的防备。这其实很正常，房子是梁丰的，是集他全家之力购买的最大的财产。而他们仅是一年多的夫妻，他防备她惦记，也不是什么罪过，毕竟……她承认当初梁丰如果没有这套房子，她不会嫁给他。

在人生的背光处，他们，或者每个人都有各自不能拿出来晾晒的心思，她有，梁丰也有。但只要大方向是对的，只要他的本性还有那种一个男人该有的光亮，岳琳琳觉得，这婚姻就还值得她去努力。

比如那个滴水的水龙头，关了它就好了。

卖海虹的女人

1

梁艳留意于鑫洋有一小段日子了。

三十岁左右的男人，白白净净，文文气气，戴一副无框眼镜，清瘦，个头挺高。

这个海边小城的男人大多瘦高，女人也是，据说是饮食结构的缘故。

相比起来，梁艳就显得有些珠圆玉润了。

于鑫洋喜欢穿白衬衫和牛仔裤，卷着袖口，远看像个高中生，应该就在附近住。

梁艳留意他倒不是因为他的样子，或者他像高中生的打扮，而是于鑫洋不说天天，但顶多两天就会去一次她家的摊位买点东西，每次他都是买海虹。

海虹也叫青口贝，最便宜的时候才块把钱一斤，很多人嫌便宜不屑吃。

梁艳却格外喜欢那东西，尤其三四月份的海虹，肉质肥厚不说，做法也简单，就是水煮，开锅两分钟就熟了，白嫩嫩的海虹肉，就这么空口吃，带一点海水滋养出的淡淡的咸，鲜美极了，还可以放在汤里煮面条。

每天卖不掉的海虹，梁艳都自己煮着吃了，连男人李志都说她没出息，说她穷命，那玩意儿哪有螃蟹好吃。

梁艳才不爱吃螃蟹，费事死了。

她没想到文文气气的城里人于鑫洋，也那么爱吃海虹。她也不记得于鑫洋从什么时候开始光顾的，好像突然就出现了，然后就总来。

有一次梁艳随口说："这些日子海虹少得很，都快没货了。"结果于鑫洋一下子买了十几斤。

当时李志刚好也在，于鑫洋走了后，李志撇嘴说："穿得人模狗样的，小气鬼一个，就会吃个海虹，连蛤蜊都不舍得吃。"

梁艳说："你怎么知道人家不舍得？没准人就好这一口呢！再说蛤蜊又不值几个钱。"

梁艳觉得李志好像不是在说于鑫洋，而是在说她自己没出息似的。

李志嘴撇得更厉害了，说："你见几个城里人吃这玩意儿，海虹都被打工的买走了，要么就是那些舍不得花钱的老家伙……"

梁艳没等李志说完就起身走了，她突然想走到外面透口气，一天下来，她快被鱼虾味儿给腌透了。

几年前，梁艳跟男人李志来到这个沿海小城，在这个农贸市场租了摊位，卖市场最常见的各种海产品，从便宜的海虹、蛤蜊，到贵一些的螃蟹、黄鱼、大虾什么的。

其间市场改建了一次，也就是重新铺了地面，加了个像样点儿的顶棚，摊位费却涨了一倍。不过，水涨船高，附近住的人也越来越多，不太影响整体收入。

李志负责进货补货，梁艳负责售卖。

小生意当然也赚不了大钱，但一家人温饱有余，去年梁艳从老家把闺女也接了过来。闺女七岁了，就在附近一所学校上小学。

梁艳爹妈都说梁艳这日子过得不赖，让她一定好好过。

梁艳每次都答应着，她心里是知道的，并且也一直在努力好好过日子，努力适应白天摊子上散发的、夜晚李志和自己身上散发的怎么都洗不去的咸腥味。

就像那些被泡透的海鲜，梁艳的日子就是在这咸腥味里滚出来的，滚着滚着，也就快把年少时心里有过的那些小浪花都滚没了。

其实梁艳也不过二十九，三十都不到，但她觉得，自己已经是在人生模具里滚成型的中年人了，一点儿年轻的意思都没了。

如果不是那天于鑫洋不知怎么叫了梁艳一声姑娘，梁艳都忘了自己还不到三十。

2

那天下午于鑫洋过来得有些早，不到四点钟，正是生意清淡的时候，梁艳正在手机上看电视剧，没留意到他。

于鑫洋大概是找了片刻没找到要的东西，就喊了梁艳一声：“喂，姑娘！”

梁艳噌地站起来，手一抖，手机差点掉摊儿上，她甚至在站起身后左右看了一下，觉得于鑫洋不是喊她。但没有旁人，左边是摊位间的通道，右边看摊的老兄在打盹，前后左右也就她跟于鑫洋了。

梁艳到底没好意思应声，一抬头，脸红了。

以前于鑫洋从没喊过她什么，来了装一袋子海虹，付账走人。这次，梁艳只顾看剧，没留意到于鑫洋，他便开口喊了，没想是这么一个称呼。

于鑫洋却好像没留意到梁艳的不好意思，问道：“今天没海虹了吗？”

梁艳说：“是呢，这两天都没有。”

于鑫洋哦了一声，说：“那过几天还有吗？”

梁艳想了想：“这样，如果进来货，我给您打电话好了。不过……现在的海虹也不太肥了。”

“没关系。”于鑫洋说，“那就麻烦你了，对了，给你我的电话。”

于鑫洋摸出电话，开了屏后说：“要不扫个微信吧，方便。”

梁艳说：“好。”

也是那天，梁艳知道了于鑫洋的名字，他的微信昵称用了真名字。

加过微信后，梁艳说：“你倒是真挺喜欢吃海虹的。”

然后没等于鑫洋开口，梁艳又说：“我也是，顿顿吃都吃不烦。”

于鑫洋隔着镜片看了梁艳一眼："是吗？"

"是啊。"梁艳说，"我最爱吃水煮的，原汁原味。"

于鑫洋说："难怪你皮肤那么好。"

梁艳愣了一下，脸再次红了。

于鑫洋说："你不知道啊？"

梁艳没吭声，她当然知道，用李志调情的话说，他贪的就是她的白，说梁艳跟三四月份的海虹肉那么细白、肥美。

这么一想，梁艳不仅脸红，心跳也快了起来，恰在这时，于鑫洋说："你倒挺像剥开的海虹。"

梁艳一下子腿都软了，半天说出一句："嗨，我都快三十了。"像是没头没脑的话，但梁艳心里还是装着于鑫洋喊的那声姑娘，这是个回应。

于鑫洋有些吃惊地睁大了镜片后的眼睛："是吗？太不像了，我以为……"

梁艳说："我女儿都上小学了。"

这么说出来，梁艳的心里有些失落，但也有些轻快。

于鑫洋沉吟半天叹了口气，说："你连眼神都像个小姑娘。"

梁艳的脑子就幽幽地恍惚了片刻。

这是个极寻常的下午，也是再寻常不过的相遇，之前他们遇到过很多次了。但不知怎么，梁艳觉得有什么不寻常的东西在心里扫了几下，扫得她已被咸腥味浸泡麻木的心，突然多了些别的味道。

说不出来的味道，毛扎扎地在空气里飘着。

3

那天于鑫洋走后，梁艳没接着追剧，扒拉了一下于鑫洋的朋友圈，结果干干净净，啥都没有——他竟然是个不发朋友圈的男人。

然后梁艳想了想，把自己的朋友圈设置成了朋友三天可见，并把前一天转发的八卦新闻删除了，只留了转发的一篇文章。

不知道为什么，梁艳不想于鑫洋看到她以前发的那些无聊的八卦、照片，或者摊子上进的新鲜海鲜什么的。她不想让于鑫洋看到，生活里的她跟摊子上的她是一样的，烟火、俗气、来自小地方、一股子咸腥味儿。

毕竟，在于鑫洋眼里她还是年轻的模样。

然后那天晚上梁艳洗澡时，在镜子里狠狠看了看自己。没错，皮囊还是年轻的，白皙、水嫩、紧致，比内心年轻很多岁。

梁艳在狭小的浴室里发了会儿呆，直到李志推开门，光着脊背穿着大裤衩，挤进来抱住梁艳水淋淋的身子，贴在梁艳的耳朵边说：“闺女睡了。”

梁艳被李志连头发丝里都散发的咸腥味儿拽回到了现实中，然后在她被他挤压得喘不过气来的当儿，费力地说了句：“明天进货，进点儿海虹吧。”

李志吭哧吭哧地顾不上回答。

梁艳添了句：“我想吃了。”

李志在吭哧中塞进一个字：“好。”

李志第二天就在各种海鲜里给梁艳扛回来一袋子十来斤的海虹。

“反正现在也没人买，”李志说，“够你吃了。你别说，还不太好找，我跑了五六家，太便宜了，没利润，都懒得捞了。这些人连钱都没要，白送的。”

李志絮絮叨叨，梁艳也不管他，在李志整理货时，给于鑫洋发了个微信，没说啥，就拍了海虹的图片发过去了。

于鑫洋很快回过来：“下午我去取。”

4

下午于鑫洋真就过来了，把海虹装好，于鑫洋说：“多少钱？”

梁艳说：“算了，你拿走吃吧，也就进了这些。”

于鑫洋说：“那不行，还有成本呢？”

梁艳笑起来：“成本更没几个钱，下次吧。”

于鑫洋说：“你赚钱也不容易。”

梁艳说：“不差这一点儿了，你都买了那么多了。”

于鑫洋就把塞到裤兜里的手拿了回来，说：“那就下次。”

梁艳说：“嗯。”

于鑫洋咧嘴朝梁艳笑了，于鑫洋牙齿很白。

但走出几步，于鑫洋又转了回来，问梁艳：“姑……那个你会做海鲜吗？”

梁艳一愣，觉得于鑫洋问得没头没脑，但她点了点头：“还行。”

梁艳的确会做，海鲜这东西也没技巧，无非清炖和红烧。

于鑫洋就说：“那个我想让你帮我个忙。”

梁艳说：“我能帮你啥？”

于鑫洋说：“我想请你周末去我那里帮我做顿饭，可以吗？”又飞快地说，“我可以……付工钱的。”

梁艳不吭声了，“工钱”俩字让她不舒服了一下。

于鑫洋好像感觉到了，说：“我就是……就是想让你去帮我做顿饭。”好像也不知道怎么解释，于鑫洋有点儿着急。

他一着急，梁艳心软了，说：“好。”

两人就那么说好了，周六下午于鑫洋把需要的原料单子发给梁艳，梁艳直接带过去，帮于鑫洋做顿饭。

于鑫洋是想在家里招待几个同事，他刚去一个小公司当了中层，想拉近一下同事关系，在家里吃显得亲切。

周六中午于鑫洋就把单子发给了梁艳，他要得挺丰盛，除了螃蟹不在季节，其他好一些的海产品，基本都要了一份。

梁艳挨个装好，又专门装了磨着李志弄回来的一小袋子海虹。

梁艳跟李志撒了个谎，说是一个女顾客要的，让她过去教教做法，李志半点儿没怀疑。

然后去于鑫洋家之前，梁艳去租住房附近的一家浴池洗了个澡，洗完换好衣服，喷了一些在一家小店花三十块钱买的一小瓶香水。

按照地址往于鑫洋家走的时候，梁艳心里泛起了少女般的涟漪。

5

于鑫洋的家不算很大，是那种隐藏在高楼大厦中间的老房子，屋子其实不少，但客厅窄促，厨房更小，梁艳觉得她自己站在里面，就把空间挤满了。

那些海鲜，梁艳都提前收拾过，基本不用再处理，把配菜清洗了便可以下锅。

按照顺序，梁艳打算先把黄鱼红烧了。

于鑫洋当然不好意思让梁艳一个人忙活，卷着袖子也挤在厨房帮忙。

梁艳洗菜的时候，水龙头一把拧大了，于鑫洋家的水龙头有点小毛病，几股细流喷出来，把梁艳胸前的衣服喷湿了两片。

于鑫洋的手就是在这时候从梁艳腰部绕过来的，他的嘴唇贴到梁艳脖颈处，嘴巴喷出温热的气息，简直是要命。

梁艳想伸手去推，却怎么都没舍得，手放在于鑫洋手背上之后就收了力，停留在了于鑫洋手背上，身子有点朝下软。

有那么一个瞬间，梁艳脑子全空了。于鑫洋也好像在成全梁艳，就那么一直贴在她的脖颈处，天长地久似的。

然后，门铃响了。

梁艳被吓了一跳，身体一颤，于鑫洋一把将她推开了。

于鑫洋说："谁啊来这么早？"

是挺早的，说好的六点开饭，现在还不到五点钟。

梁艳的魂儿却已被急促的门铃声拉了回来，哪还能接话，嗖的一下钻进了厨房。

于鑫洋好像叹了口气，转身去开门。

进来的是两个年轻女孩，梁艳偷偷朝外瞅了一眼，那俩才是姑娘呢，其中一个瘦高的姑娘，也就二十二三岁，一进门就朝于鑫洋嚷嚷，说：“堵车了，堵了半个小时呢。”

于鑫洋一脸诚恳地说：“不晚。”

俩姑娘就朝厨房瞄了瞄：“我们瞅瞅都有啥好吃的。”说着，人就进来了。

显然，大家伙儿都知道梁艳的存在，没额外打招呼，直截了当地提醒了句：“大姐，别弄得太咸了啊，尽量清淡点儿。”

于鑫洋跟进来说：“帮不上忙就别添乱，出来。”

于鑫洋把俩姑娘拉了出去。

梁艳转回身，按照开始设定的顺序，一样样把带去的海鲜做好，除了海虹。

6

差不多到大虾出锅的时候，于鑫洋的客人也到齐了，都是年轻人，进门直奔饭桌而去，没人留意到梁艳的存在。

梁艳不吭声，把最后一道菜放到桌上，喊了于鑫洋一嗓子。

于鑫洋抬起头来。

梁艳已经把手机上面的计算器打开了，看着桌上的菜戳了半天，说：“各种原材料六百八，工钱三百，一共九百八。”

于鑫洋差点从凳子上蹦起来，先进门的瘦高姑娘已经从凳子上蹦起来了，说："大姐你宰人哪？出去吃顿海鲜大餐也用不了那么多钱吧，不就几个爬爬虾、鲅鱼、对虾啥的……"

于鑫洋也说："没这么贵吧？"

梁艳一本正经地说："市场价和上门价当然不一样，要是不愿意，你们可以打电话投诉。"

梁艳说着冲于鑫洋侧着晃了下手机。

于鑫洋的脸唰地白了，他在梁艳一闪而过的手机屏幕上看到他俩头靠头的亲热照。

梁艳把手机装进兜里，说："还有呢！"

于鑫洋的脸几乎白成了一张纸。

瘦高姑娘暴跳："还有啥，你讹钱呢！"

梁艳说："还有前两天于先生买的海虹没给钱，十二斤，特意给他进的货，加运费一共六十。你们总共给个整数好了。"又说，"微信转账也行。"梁艳笑得很淡定。

姑娘暴跳如雷，说："门儿都没有，我要投诉你。"摸起手机要拨号，却被于鑫洋拦住了。

于鑫洋说："算了，不够折腾的，一千就一千，给她。"冲梁艳说，"给你！"也顾不上姑娘的抗议阻拦，从钱包里掏出钱来数出一千，递给梁艳。

梁艳接过来也数了数，数了两遍，说："刚好，两清了。"

然后，梁艳拿着钱走了。

走出那个陈旧的小区，梁艳感觉到从海面方向吹来的风，带着她所熟悉的咸腥味。

突然，在黄昏清醒的梁艳有点虚脱的感觉。其实她老早就清醒了，进门时那个高瘦姑娘一开口，梁艳心里就什么都明白了。

俩姑娘进来的时间太赶巧，又抱怨堵车。那就是说，按照和于鑫洋约定的时间，姑娘们是应该再早一点儿来的，早一点儿，打断于鑫洋对自己的温情脉脉。

所以那个温情脉脉，也是掐着点儿发生的，不过因为姑娘们的堵车，意外拖延了一会儿，将那点温情拉得长了些。

7

也没有什么惊天动地的阴谋，不过是于鑫洋想用这种方式，用已经发生的暧昧，来免费消费梁艳的劳动。不仅劳动，他觉得他这点放低身姿的温情，甚至完全可以为这顿海鲜大餐买单。

应该是那次梁艳没有收取于鑫洋的海虹钱，让这个天生小气的男人多了一份贪婪。这个看上去清秀文气的男人，比梁艳想的更龌龊、更不值钱，就像李志一开始看透的那样。

是她在这一成不变的日子里，恍惚了一下人生。

纵然如此，纵然她只是个卖海鲜的女人，一身咸腥味儿连香水都盖不住，也不会被一个那样的男人玩弄于股掌。

谁都有自己的尊严。

而手机上那张和于鑫洋的暧昧照，其实并不是梁艳在刚刚他们亲热时拍的。她没有那么深沉的心机，那只不过是她在那些心里毛扎扎的时刻，偷拍了他的单人照，然后用手机的拼图软件，一点点学着PS出来的合影。怕李志发现，她还特地下载了一个带锁的文件夹。

原本以为只会是存在于想象里的亲密，原本只是想偶尔拿出来偷偷看看，用这种有点悲伤的方式偿还一下关于青春曾经的想象，没想这最终却成了她反击他的武器。

当然就算没有这个合影，梁艳也不会让于鑫洋如愿。那么多人，她只要豁出去不要脸，于鑫洋哪怕仅仅为了保全面子，也会给她这一千块钱。

她就是要这样威胁于鑫洋，让他难受，让他记住，谁叫他也让她难受了呢。

她回去后李志正忙着，忙里偷闲地跟梁艳说：“又弄了一袋子海虹。”

梁艳说：“扔了吧，吃够了。”

李志说：“就是，吃那干吗，天天吃螃蟹咱也吃得起。”

梁艳嗅到李志靠近她的身体的味道，熟悉的咸腥，挺好，海风吹过来也是这个味道，比人渣味儿好闻多了。

扔掉那些海虹的时候，梁艳心里还是疼了那么一下，总是要疼一下的，过去就好了。

梁艳没后悔。

偷偷摸摸里的光明磊落

1

李菊目睹了一起命案。

一对年轻的情侣在一幢烂尾楼里吵架，女的挣脱了男人就跑，一个不小心，从没有护栏的阳台坠下……

这一幕，恰巧给李菊看见了。

李菊之所以能撞上这一幕，是因为她当时在向勇的车里，而车子，就在这破楼下面。

他俩是偷情吗？算不上。野男女该干的事儿，他俩还没干成，但说是情人又不太准确。这深更半夜的，孤男寡女在一辆车里，无论如何也撇不清偷情的嫌疑。倘若车子停在闹市还有的一说，可偏偏停在这个四周见不着一个人影儿、乌漆墨黑的犄角旮旯。

向勇把车开到这一处，确实是为了跟李菊有点儿啥。车子停下以后他不好直奔主题，插科打诨说了好些废话。就在他那只充满了欲望的手刚触到李菊的手，感到她冰凉的手微微颤动了一下的时候，楼上传来了一对情侣的争吵。

女人的声音明显盖过了男人的声音，叫男人滚，别来烦她。

男人说："你花了我这么多钱，现在又跟别的男人搅和在一起，算怎么回事儿？"

女的就骂了挺多难听的话。

吵架的两个人哪里知道，他们的对话全给楼下的人听见了，或许他们压根儿不知道楼下有车、车里有人。

李菊甚至为了听得更清楚些，把车窗给摇下了。

向勇心里仿佛一万头羊驼奔腾而过，好不容易到了这一步，竟给一对傻子破坏了氛围。他问李菊，要不要换个地儿，比如酒店……

事情就是这当儿发生的。

楼上的女人要走，男人不让。女人扇了男人一耳光，拔腿就走。

男人高呼："那边是阳台……"然而话音未落，轰一声，女人坠楼了。

虽是夜里，但女人穿了一身白，借着微弱的月光还是能看得见一个白晃晃的人影儿从阳台坠下……

这一声，把李菊的肝儿都给震碎了。下一秒，向勇飞快地掉头，一脚油门踩下去……

"真中邪！这种事儿也能碰上，太晦气了！"

李菊吓得直哆嗦："那女的，该不会摔死了吧！"

向勇脸色铁青："那下面全是钢筋废铁，不死才怪。"

2

隔天李菊就听到了消息，如向勇所言，女人头部撞上硬物，死了，据说头上戳了个窟窿。

更让李菊震惊的是，那个男的居然是她王姨的儿子小刚！

李菊是单亲，小的时候她妈在煤球厂上班，顾不上她，全靠同村的王姨照顾着，一年要在王姨家吃半年饭。后来她嫁了人，每次回家都不忘去王姨家转转。

她老早听她妈说过，王姨的儿子给个“妖精”骗了。他不好好工作，就跟在那女的屁股后头转，花了不知道多少钱了，还借高利贷给女的买什么名牌包，结果女的攀上了高枝就想把小刚给踹了。

李菊那会儿不怎么把这事儿放在心上，劝她妈跟王姨想开点儿，情这东西孰是孰非说不清，年轻人脑子发热，一头扎进去很难出来，你劝多了他还跟你急。

想不到，年轻人的情爱有时候不单要钱，它还要命！

听说小刚之前给女的逼急了放过狠话，说要弄死她。现在女的真死了，女方家属一口咬定是蓄意谋杀，而小刚根本没有证据证明这是一场意外。

李菊妈给李菊打电话：“你快来看看你王姨吧！她现在不吃不喝，整个人都垮掉了！你王叔走得早，王姨一个人把儿子拉扯大，一辈子就耗在他身上了，这要是判了死刑，你王姨怎么活啊？”

李菊的心怦怦跳着，声音也不住地发抖：“妈，孩子病了，我走不开，我歇两天再来看王姨。”

李菊妈就嚷开了："歇两天，只怕你王姨就死了！孩子有个感冒咳嗽的有什么要紧？你别忘了你小时候是吃你王姨家的饭长大的！"

李菊很想跟她妈说出真相，可话到嘴边，又咽下去了，她不知道怎么跟她妈开口。

那个点儿，那么偏的地儿，她跟一个有妇之夫在那乌漆墨黑的地方干吗？这不是通奸是什么？

3

李菊的丈夫苟三在邻县的厂子里干活儿，周末回来一天，女儿住校，平时家里就她一个，所以李菊有机会跟向勇见面。

李菊嫁苟三，并非十分情愿，但也不是被迫。当年她跟向勇处得好好的，向勇要去外头闯荡，把李菊给撇下了。李菊等了他两年，他屁都没一个。后来媒人上门说亲，李菊看苟三憨厚老实，稀里糊涂就嫁了。

婚后第二年，李菊生下了女儿。苟三磨过豆腐，养过鱼，都没挣什么钱，后来去邻县的钢铁厂上班去了，一周回来一次。

李菊在这苦闷的日子里感到了一丝悲凉。她从没看上过苟三，跟苟三结婚更像是对命运的妥协。

婚前她觉得苟三老实，婚后这老实成了无用的特征。因为无用，所以老实；因为窝囊，所以老实；因为要什么没什么，所以只能老老实实。

李菊就在这老实人给她的苦闷日子里悔恨自己的选择，这一悔恨，便像撕开了痛苦的口子，所有的不快和心酸扑面而来。

女人一旦对婚姻和丈夫感到失望，就对什么都嫌弃。

李菊也曾想过要不离婚算了，但她鼓不起这勇气。她狠不下这个心，恰恰也正是因为苟三的老实。

苟三待李菊好，是那种好得让人忍不住要生出一股无名之火的好。家里不管大事儿小事儿全随她做主，工资一分不少交给她，别的男人多少要留个烟钱，他一不抽烟二不喝酒，连吃碗牛肉面都像是背叛了家庭似的。他给李菊点牛肉面，自己吃素面，非得李菊发火，他才笑着把素面改了牛肉面，结果面一端上来，他就把自己碗里的牛肉全给扒拉到李菊碗里去了。

李菊瞧他那样儿，又气又恨。

有次李菊不舒服，苟三连夜往家赶，没车了，他就跟人借了个电瓶车上路。结果半道上车坏了，苟三愣是推着车子走回了家。寒冬腊月的，四个多小时，他到家天都快亮了。他上了一天班，又走了一夜，到家人就不行了，嘴唇发紫，瘫地上半天爬不起来，喝水都吐。

李菊对苟三，是那种既看不上又不忍背叛的矛盾心理，而这种心理在向勇出现后尤为强烈。

向勇对李菊的那点儿心思李菊知道。他发达了以后娶了能跟他身份相匹配的女人，压根儿就没再考虑过李菊。他回头来找她，无非是生活富足了，想追求点儿现实生活以外的东西，让自己这辈子活得更快意饱满，就像人除了主食还想再嚼上几口小零嘴儿。

所以李菊没想过跟他有什么，更没想过要跟苟三离婚嫁他。无非是她心里的那点儿失落和心酸起了作用，使她不自觉地想向一个成功体面的男人靠近，感受一点儿新鲜的气息。就像人们对名牌的追逐，她也喜欢潇洒体面的男人，而苟三，无疑是地摊货。

既然两方都拎得清，这私会的事儿就无论如何也不能让人知道。

你说你俩什么也没干，谁信？

4

李菊妈在电话里哭哭啼啼，说王姨一会儿清醒一会儿糊涂的，怕是连判刑都等不到了。李菊他妈跟王姨是一辈子的老姐妹，姐妹遭了殃，她妈能不急吗？

李菊去看了王姨，王姨的眼泪都流干了，躺在床上输液，李菊妈就在一旁抹眼泪。

李菊劝王姨："现在警察办案手段高明，不会冤枉好人的。"

李菊嘴上说着，心里到底是忐忑的。办案这些事儿李菊不懂，但李菊知道，不管什么都讲个证据。现在女方家有证据，证明小刚有害他们女儿之心。可小刚没有，如果给不出证据，谁能说得好小刚会不会被判个故意杀人的罪。

大伙儿议论纷纷，唏嘘不已，都说这孩子完了，都对王姨的遭遇表示同情。

李菊还没走远，屋子里一阵乱，说王姨又晕过去了。李菊听不下去了，走到僻静处，给向勇打电话。

李菊声音抖得厉害："向勇，咱们去找警察，把那天晚上看见的事儿说出来吧！"

向勇吃了一惊："你说什么？"

李菊把刚刚的话重复了一遍。

向勇扑哧一笑："李菊，你怎么想的？这跟咱们有什么关系？干吗要去做证？"

这一声"扑哧"在李菊听来格外刺耳，人命关天，他居然笑得出来？

"向勇，人命关天，不管这案子怎么判，咱们是目击者，有责任把事情的经过说出来，不然那男的就是蓄意谋杀，要枪毙的呀！"

"人家枪毙关咱们什么事儿？再说了，你怎么跟警察说？说你跟老情人私会碰巧看到了那一幕？再说你要是做了证，到时候得出庭的，我也得去，这不开玩笑吗？"

李菊不吭声了，她不知道还能说什么。她给向勇打电话的时候心里也没个底，想知道向勇心里怎么个想法，跟他合计合计。只是她想不到他竟是这副态度，对人命如此漠视。

而李菊自己，自目睹了那一幕，心就没一刻消停，像是戳着一根针，心脏跳动一下，那针就扎一下，疼得能渗出血来。想到王姨哭得死去活来，想到小时候在王姨家吃的一羹一饭，她心乱如麻。

向勇听她不出声，又道："那晚车子掉头时，那小子兴许看见我的车了。还好黑灯瞎火的看不见车牌，否则警察还得找我调查情况。我一想起这事儿就烦，连着做噩梦，你可别再跟我提这茬了，太晦气……"

向勇叨叨了半天，嘴里没一句干净的。一个晦气被他反复念叨了无数遍，仿佛一条人命的消逝根本无足轻重，撞上命案触了霉头才更值得同情。

李菊在向勇排山倒海的牢骚中挂断了电话。

5

挂了向勇的电话没几分钟，苟三的电话就打来了。李菊恹恹的，打不起精神,苟三觉出了不对劲,赶了最后一班车回来,到家天都黑了。

李菊说：“好好的你回来干吗？”

苟三穿着一身脏不拉叽的工作服，灰头土脸的，一双手像从焦油沟里拔出来的。他从怀里掏出一个饭盒，揭开盖子，一条香肠上头横着俩鸡腿。

李菊气不打一处来：“你这是干啥，家里又不是没菜，谁要你从伙食里扣下来给我？”

苟三乐呵呵地道：“我寻思着晚上回来，不如给你吃。我天天吃这些，一顿不吃也没啥。素菜多，我就着素菜把饭给吃了。”

李菊把饭盒往前一推，气得掉下泪来。

苟三慌了：“怎么了这是？得啦！下回不带了。我这人没出息，在外头不管吃什么都惦记着你。”

李菊突然拽住苟三的胳膊：“苟三啊，我有个事儿……”

而当苟三瞪大了眼睛等她说的时候，她又僵住了。

就这么犹豫来犹豫去，李菊到底还是把小刚杀人的事儿给说了。

苟三惊得下巴都掉下来了，咋呼道：“你说这小子怎么这么浑啊？怎么能害人性命？这让王姨怎么活？”

“是那女的骗小刚的钱，小刚气不过。”

苟三跺脚：“那也不能害人性命啊！人命就这么不值钱？现在好了，害了人家的命，把自个儿也搭进去。他要真干了这事儿，也不冤！

人家的闺女也是爹生娘养的。”

苟三垂头丧气，一口接一口地叹气：“你去看了王姨没？王姨现在怎么样了？”

苟三是真愁，表情明显阴郁下来。他衣服懒得换，手也懒得洗，那香肠和鸡腿也忘了拿去给李菊热。苟三这人不但老实，还心眼子实，什么都挂脸上。

李菊几番犹豫，几番挣扎，最后牙一咬、心一横，豁出去了：“苟三，小刚没杀人，是那女的自己跑岔了，掉下去的。”

“你怎么知道？”

李菊的脸跟硬纸板子一样硬：“因为我看见了。”

“你怎么看见的？”

李菊头一遭在苟三面前犯怵，她两只手在腿上没命地绞着，手指头都快掐出血来了，钻心地疼。

苟三急了：“你倒是说啊！”

6

李菊哭着把前后经过跟苟三说了，她最后的话是：“你信也好，不信也罢，我跟向勇没干那事儿。”

话一出口李菊便又心虚了，她这话经不住推敲，像豆腐渣工程，说倒就倒。只消苟三问她一句：“是没打算干那事儿，还是没来得及干那事儿？”她就接不上话了。

但苟三没问她，苟三愣怔了很久，忽地起身，夺门而去。

李菊的心陡然下沉，她不知道苟三要去哪儿，不知道他这一走意味着什么。结婚这么多年，李菊头一遭感到害怕，怕离婚，怕这个家散了，头一遭意识到原来苟三对她来说这么重要。

她想起以前听人说过一句话：老实人是最欺负不得的，心里有你的人，才对你老实。聪明人把老实当个宝，蠢的人才把老实当个草。

李菊呜呜哭着，然而并没有哭太久，门呼的一声被撞开了，苟三抱着一条被子进来了。

苟三把被子往床上一丢，喘道："你看我这脑子，我回来的时候看见你被子没收，想着回来把东西搁下就去收，结果你这事儿一说，我就给忘了。这下子沾了露水，明儿还得再晒。"他一回身，瞧见李菊满脸的泪水。

"怎么了这是？"

李菊哽咽道："苟三，我、我跟你说了这事儿，你、你就没点儿想法？"

苟三这才拉下了脸："怎么没想法？人命关天的事儿，儿戏不得。案子怎么判咱们管不着，可你既然在场，看到了经过，怎么能不言语？莫说是王姨的儿子，就是与你不相干的人，你也得去作证啊！"

李菊又抹了把眼泪："那我说我跟向勇没那啥，你也信？"

"怎么不信？你是我老婆，我不信你信谁？我天天上班，一周回来一次，你一个人在家里守着多不容易。有人来找你，你跟人说说话啥的，怎么就不行？只是，这孤男寡女的，你得避嫌，我不疑心你，不代表人家不疑心。你要真信得过我，哪天你把人请家里来，我亲自下厨做几个菜，跟他喝两盅……"

这一夜，李菊缩在苟三的怀里流了一宿的泪。

苟三收被子收了那么久，定是寻思什么去了吧；他怕是挂不住，去外头吹冷风去了；他在那暗夜里头琢磨了些什么，以至于当他抱着被子进屋时，脸上一半儿是风霜，一半儿是坚定。

他是收起了猜疑，给了她信任；他是琢磨来琢磨去，凭着他对她的情分，在短短十分钟的恍惚里，为他们的将来拿定了一个主意；他选择了信任，凭她为了世道公理，为了事实道义，主动跟他坦白了真相。他扛下了他愿意扛的，无怨无悔。

第二天苟三没去上班，他跟厂里请了假，等李菊吃完了早饭，两个人一起出了门。他是要陪李菊要去公安机关提供证词，把案发当晚所看到的如实说出来。

瞧出李菊心里怕，苟三一把攥住了李菊的手，像包子裹馅儿似的把李菊冰凉的手整个裹住了。只是他手上茧子太多，扎得李菊的手背有些疼。

苟三说："没事儿，嘴长在别人身上，爱怎么说随他们说去，我信你就行了。"

就这一掌心的暖热，给了李菊无穷的力量，使她慌乱的心趋于平静。这一刻，她总算明白她一直拥有着的那些一度被她漠视和嫌弃的东西，其实是多么宝贵。

想到向勇，李菊心中顿时一阵恶心，忍不住向地上啐了一口。有些人外表光鲜亮丽，看似成功体面，内心却阴暗不堪，而她却被这虚假的表象迷了眼，差一点儿就做出不可饶恕的事儿来。

李菊感受着她男人的温度，把步子迈得更大。

前夫的心事

1

田雪的男人二海出事了，开车不知道怎么着擦倒了个老太太。

老太太还不是别人，是田雪的前夫匡庆忠的妈，也就是田雪的前婆婆。

虽说老太太只是摔了一下，可毕竟年纪大了，腿居然折了。医药费加上护理费营养费啥的，两口子也要赔五万块钱。

偏偏二海开的是农用运输车，没有保险，田雪这钱掏得就有点肉疼。

让田雪意外的是，匡庆忠根本就没接这钱。他说要是田雪两口子能把他妈接过去，帮着伺候三个月，这钱就算了。他还一再保证，就仨月，老太太能下地了，他立刻就接回来。

田雪起初挺诧异，随后也就明白了。

当年，匡庆忠和田雪离婚的事，老太太死活不同意，对着匡庆忠的现任老婆一口一个“小三”，直到后来，两人见了面还跟乌眼鸡似的。

老太太住院期间，田雪去医院看她，碰上了匡庆忠的现任老婆，她竟只给老太太端了一碗兑了热水的剩小米粥。还是田雪看不下去，下楼给老太太买了一笼蒸饺，后来又帮着擦身子倒尿壶的。匡庆忠的老婆就抱着胳膊在旁边看着，倒好像老太太还是田雪的婆婆，和她没关系。

匡庆忠要是真让他老婆伺候他妈，那可真够老太太喝一壶的。而且老太太年纪大了，还有点老年痴呆，说难听点，就是受了虐待估计都不知道讲。匡庆忠自己呢，太忙，又是个笨手笨脚的大男人。

可田雪跟老太太亲啊，虽然她跟匡庆忠离了，可她心好，老太太跟她也亲，这些匡庆忠都是知道的。再加上人又是二海撞的，匡庆忠想把老太太送过来，让田雪照顾，也算说得过去。

五万块啊，说不心动是假的，可田雪还是拒绝了，她是真不想和匡庆忠再有半点牵连了。

2

不是田雪矫情，而是她跟匡庆忠有段不堪回首的过去。

田雪和匡庆忠是初中同学，匡庆忠上学那会儿就是个坏小子，可敢爱敢恨的田雪就喜欢他那股子天不怕地不怕的劲儿，拼命对他好。但匡庆忠不喜欢田雪，嫌她丑，嫌她糙，对她爱搭不理的。

可那时候的田雪被爱情的火焰烧昏了头，鼓起勇气找到匡庆忠家，厚着脸皮跟他妈说要给匡庆忠当媳妇。

匡家在村里是孤姓，匡庆忠的爸没得又早，老太太娘家也没啥人，没依没靠的，自然对这个找上门来的贤惠媳妇满意得不得了。

匡庆忠很是拗了一阵，可拗不过他妈，更重要的是也没啥更好的选择，只好将就着从了。

结婚才一年多，匡庆忠就因为打架斗殴犯了事，被判了两年有期徒刑。

田雪娘家让田雪离婚，可她不离，宁可跟娘家掰了也要跟婆婆相依为命。

匡庆忠出来倒真是洗心革面了，借钱和别人操持了个罐头厂，和田雪的关系也缓和了不少。他犯事后田雪的不离不弃，让他心里存着份感激和愧疚。

可在婚姻里，光有感激和愧疚是不够的。田雪刚尝到点好日子的甜头，匡庆忠就和厂里的会计天雷勾地火地搞到了一起，非和田雪离婚不可。

田雪死活不离，刀子斧子都动上了，有一回还真把匡庆忠的胳膊划了个大口子。

匡庆忠那时候年轻，一怒之下就下了狠手，一边造谣说田雪不能生，一边在账目上做了手脚，还让外面的女人怀了孩子。

田雪四面楚歌，几乎净身出户。她付出了那么多，没落着好不说，还让人家一脚把她踢到了脏水里，这口气说什么也出不来，人差点得了精神病。她也没再结婚，别人在意她不能生，她呢，对谁也爱不起来。

后来，田雪遇到了二海。二海虽然穷，还是外地人，可拼了命地对她好，用了好几年，终于把她那颗冰凉的心焐热了。

田雪在坭坑里滚过一遭，学会了知足。后来，田雪又生了个儿子，过去的那道伤口也就慢慢结了痂，但她没大度到跟匡庆忠尽释前嫌的程度。

3

更何况，田雪不能不考虑二海的感受。

她跟匡庆忠有这层关系，这事好说不好听，别人没准怎么传呢。二海本来就是招赘来的，田雪不能让三姑六婆戳着他的脊梁骨笑话他。

匡庆忠也不生气，嬉皮笑脸地说："你们两口子再想想吧。"说完掉头走了。

田雪心烦意乱，又心疼钱，又气匡庆忠那副胸有成竹的德行。

二海拍拍田雪的后背说："咱给他钱，你别生气！家里活够多了，再来个老太太，我还真怕把你累坏了，钱没了可以再挣，身子累坏了就不值当了。"

田雪歪着脑袋瞅瞅二海，问："要是我不嫌累，你怕不怕我伺候老太太别人说三道四？"

二海咧着厚嘴唇笑了："人是我撞的，你是替我照顾的，我还怕别人说三道四，哪有这理儿！"

田雪满肚子的气就没了，二海为了这个家累死累活的，却还怕她累坏了，她再不愿意和匡庆忠有关系，可也舍不得拿二海赚来的血汗钱和他斗气。

她低低头，二海就能少干一年活，不亏！

田雪就去找了匡庆忠，把这事定了下来。

怕匡庆忠要花样，她还特意跟他把丑话说在了前头：“我肯伺候你妈，冲的是那五万块钱，你得说话算话。”

匡庆忠把头点得鸡啄米似的，说他保证说到做到，让田雪把心放肚子里。

田雪就真把心放肚子里了。

4

田雪对老太太好，冲那五万块钱是真的，可她跟老太太有感情也是真的。虽然老太太时不时犯糊涂，可对田雪额外给的这份真心实意不糊涂。

老太太下不了地，可也闲不住，跟田雪要了棉花和布，给二海和孩子每人做了身棉衣，又给田雪做了几个棉坐垫，让田雪干活的时候坐着，怕她受凉。

二海过意不去，每回出车，都变着法子给老太太带好吃的。老太太也就尝两口，剩下的都给了二海的儿子。

二海的父母都不在这边，孩子对家里突然多出来的人也挺新奇，一天到晚奶奶长奶奶短地叫。

田雪和二海都感觉出来了，有了老太太，他们的日子软和了不少。

头一个月，匡庆忠来看了老太太两回，田雪就跟他提了一嘴老太太经常犯糊涂的事。

匡庆忠叹口气说：“医生说过年纪越大，这老年痴呆就会越严重，要不咋说把她托给外人我不放心呢！”

田雪撇撇嘴：“得了吧，我不也是外人！”

匡庆忠还没说话，正犯迷糊的老太太突然就清醒了，咧着嘴说：“你不是！”

田雪就没忍住笑了，一边给老太太擦口水，一边说：“好，我不是，不是！”

老太太听到这句话，就又放心地打她的盹去了。

匡庆忠看着田雪把老太太伺候得满面红光，也挺放心，后两个月就没咋来。

田雪也没往心里去，二海白天都不在家，她巴不得匡庆忠不来，免得尴尬。

5

仨月过完也就年根了，匡庆忠却没来接他的老妈，不仅没来接，还玩起了失踪。

匡庆忠的电话打不通，田雪就打到他厂子里去。

对方挺不耐烦地说：“姓匡的把这厂子卖给我了，他在哪，我可不知道！”

田雪火急火燎地去了匡庆忠他们村一趟，左邻右舍也都说好久没见他了！田雪的脑袋里嗡嗡的，看这情况，匡庆忠肯定出事了，连他妈都顾不上了，绝对是大事。

田雪和二海商量了半宿，也没商量出个所以然来。

老太太又犯糊涂了，叨叨咕咕地说：“庆忠出门了，让我往后就跟你过！”

田雪一惊，赶紧问老太太：“他啥时候说的？”

老太太说：“不是早就说好了吗？”

田雪飞快地转着脑子把老太太出车祸后的事捋了捋就明白了，匡庆忠这是给她下了个大套，存心要把老太太扔给她。可她被那五万块钱和那点天伦之乐把眼睛糊得死死的，居然还有点小得意！

田雪拍着大腿骂：“匡庆忠，你这个王八蛋，真是狗改不了吃屎！”她真想立刻冲到他面前，大巴掌扇他脸上。

可田雪冷静下来，琢磨琢磨又觉得不对。匡庆忠坏是坏，可他从小跟他妈相依为命，一直很孝顺，绝不可能随随便便把亲妈扔了。

腊月二十八，别人家都在欢天喜地地准备过年，田雪却跑去城里堵匡庆忠去了。就算挖地三尺，她也要把匡庆忠揪出来问个明白。

田雪混进了他住的小区，可她不知道他家的具体住址，打听了好几个人都一无所获，最后还是碰巧在物业发现了匡庆忠老婆没拿走的快递，才找到了他老婆的电话。

他竟和她老婆离婚了，不过那女人还是把匡庆忠的情况跟田雪说了。

6

田雪赶到市里肿瘤医院时，已经是下午。

匡庆忠一看到田雪，就拽起被子盖住了脸。

田雪气势汹汹地把被子扯开，可在看到匡庆忠那张蜡黄蜡黄的瘦得脱了相的脸之后，田雪的眼泪唰唰地下来了。

才四十岁的人就摊上了这病，已经够让人心里翻个儿的了，就算匡庆忠再怎么对不起她，他也曾是她整个少女时代唯一搁在心尖子上的人。

田雪心里翻腾了无数遍的那些狠话就说不出来了。

匡庆忠坦白，他就是故意不接田雪电话的，他也知道，硬把自己的老妈推给田雪这件事，要多无赖有多无赖。

老太太出车祸前，他就知道自己得了绝症，还是晚期。老婆可以再嫁，孩子还有亲妈，只要不缺钱，日子也坏不到哪去。他最放心不下的就是自己的老妈，对老太太来说，没个知冷知热的人，就算有点钱也没用。他把自己认识的人挨个摸了个遍，也没找到个能托付的人。

匡庆忠最终是没辙了，才打田雪的主意的。之前，他也不是没考虑过田雪，田雪是啥人他最清楚不过，可自己当初咋对田雪的他自己也最清楚，他没脸跟田雪张这个嘴。

所以他就设了那么个局。

那天二海开着车，突然发现路上横了根大树枝，二海就下车去搬，然后一回头老太太已经倒在车子边儿上了——匡庆忠狠着心趁老太太不注意推的，推完他就躲了起来，就为了顺理成章地把老太太送到田雪家。

他看到田雪把老太太照顾得妥妥帖帖的，也就彻底放心了。

他和老婆离了婚，卖了厂子。遗嘱他也写好了，给田雪留了钱，等他没了，自然有律师找田雪交接。

可他算来算去，没算到自己熬了这么长时间，还被田雪找到了。

7

匡庆忠挣扎着爬起来跪在床上，磕头如捣蒜，求田雪收留他老妈。

他说："田雪，我最对不起的人就是你，这辈子没机会了，下辈子吧，我做牛做马也要报答你。"

田雪看着这个一米八的汉子哭得像条狗一样求她，心里像被一把锋利的刀进进出出，血肉模糊。

她也知道这不是小事。从法律上说，她没这个义务；情分呢，她跟匡庆忠也没法再扯这个。可到了嘴边的话，怎么也出不了口。

她想起匡庆忠入狱那两年，她和老太太相依为命的日子。

田雪下地干活，每回老太太都早早做好饭，鸡蛋只舍得煮一个，变着法地哄她吃下去；匡庆忠要跟田雪离婚，老太太死活不同意，有回甚至都躺在了匡庆忠车前头；田雪走的时候，老太太追着送了她好远，哭得跟个泪人似的，亲妈也就这样了啊！

田雪再嫁后，是慢慢跟老太太生分了，可老太太对她的好，她没忘。

老太太没啥亲人田雪是知道的，她要是再不伸把手，老太太就真得去养老院了，老太太又得了那样的病，那日子可想而知。

于是，田雪就咬咬牙，重重地点了点头。

这么多年以后，这个男人再一次为了把她赶进死胡同用尽了心思，而她竟然还糊里糊涂地应了。

8

田雪一出医院大门就彻底清醒了，她这事办得太鲁莽，她不知道如果二海不乐意，她该怎么办。

田雪回家没敢说实话，她说她答应匡庆忠回来跟二海商量商量。

二海足足抽了一包烟，只说："这是个大活人啊，咱得好好想想！"

田雪就知道了，二海不乐意，她也没说别的，催着二海赶紧洗脚睡觉，说她去回绝了匡庆忠就是了。

毕竟，她的生活是好不容易才重打鼓另开张的，为了稀烂的过去，毁了现在的日子，田雪是不干的。

过年那天，老太太状态不大好，一直犯迷糊，叨叨着说小忠要出事了，田雪怎么哄也不行。正好二海从外面买菜回来，田雪灵机一动，把他推到老太太面前，朝着二海眨了眨眼说："大妈，小忠回来啦！"

老太太拉着愣怔的二海，瞅了瞅，两行老泪就下来了：“儿啊，我的儿啊……”

老太太的病又重了，已经认不出人了，可这样也是她的福气吧，因为这时候的匡庆忠已经是弥留之际了。

田雪转过身抹泪，二海眼圈也红了。

匡庆忠是正月初二走的，老太太像有感应似的，拽着二海絮叨了一天他小时候的事，当然，说的其实都是匡庆忠。

晚上，田雪刚躺下，二海就用胳膊把田雪箍过来说：“要不咱把老太太留下吧，看着太窝心了，咱家好歹比养老院好点不是！”

田雪没说话，使劲往他怀里拱了拱，悄悄抹了把泪。

年假过后，匡庆忠委托的律师约田雪和二海见了个面，田雪没想到匡庆忠居然给她留了 60 万。

田雪决定用匡庆忠留下的钱给二海买辆货车，二海有点犹豫，田雪说：“我见匡庆忠那次，他跟我说过，给咱留了点钱，让我用那钱给你买辆大货车，说有了货车，你赚钱也容易点，我以为他是骗我的，就没跟你提。”

二海就没再反对，他一直想买辆货车，可他没钱。

田雪撒了谎，匡庆忠的确提到给她留了钱，可根本没提货车什么事，而是说这钱里面，大部分是她离婚时本来就应得的。

过年那天，她看到老太太真把二海当成了匡庆忠，她就知道二海会留下老太太了。

她了解二海，二海心眼特别好。可她也知道，光靠着心眼好去伺候一个毫无血缘关系的老太太五年、十年，甚至更长的岁月，是不现实的，可如果二海对匡庆忠有份感念就不一样了。

一辆货车，足以让二海生起这样一份感念。

9

田雪一家子还像之前一样跟老太太一起乐乐呵呵地过日子。

老太太还是时而明白时而糊涂，哄着骗着，竟也把匡庆忠走了的消息瞒住了。

田雪也曾问过自己，究竟为什么愿意收留老太太，是对匡庆忠孝心的感念，对他和老太太的同情，是回报老太太当初对她的好，还是为着匡庆忠分了财产给她，又或者还有当初不该逼匡庆忠娶她的自省？

都是，又都不全是。

不过没关系，岁月流转，有些东西总会到它们该到的地方去。

这么一想，田雪就格外珍惜她此刻拥有的平静。

余生不长，这样刚好。